NF文庫
ノンフィクション

# 陸軍〝離脱部隊〟の死闘

汚名軍人たちの隠匿された真実

船坂 弘

潮書房光人新社

陸軍〝離脱部隊〟の死闘——目次

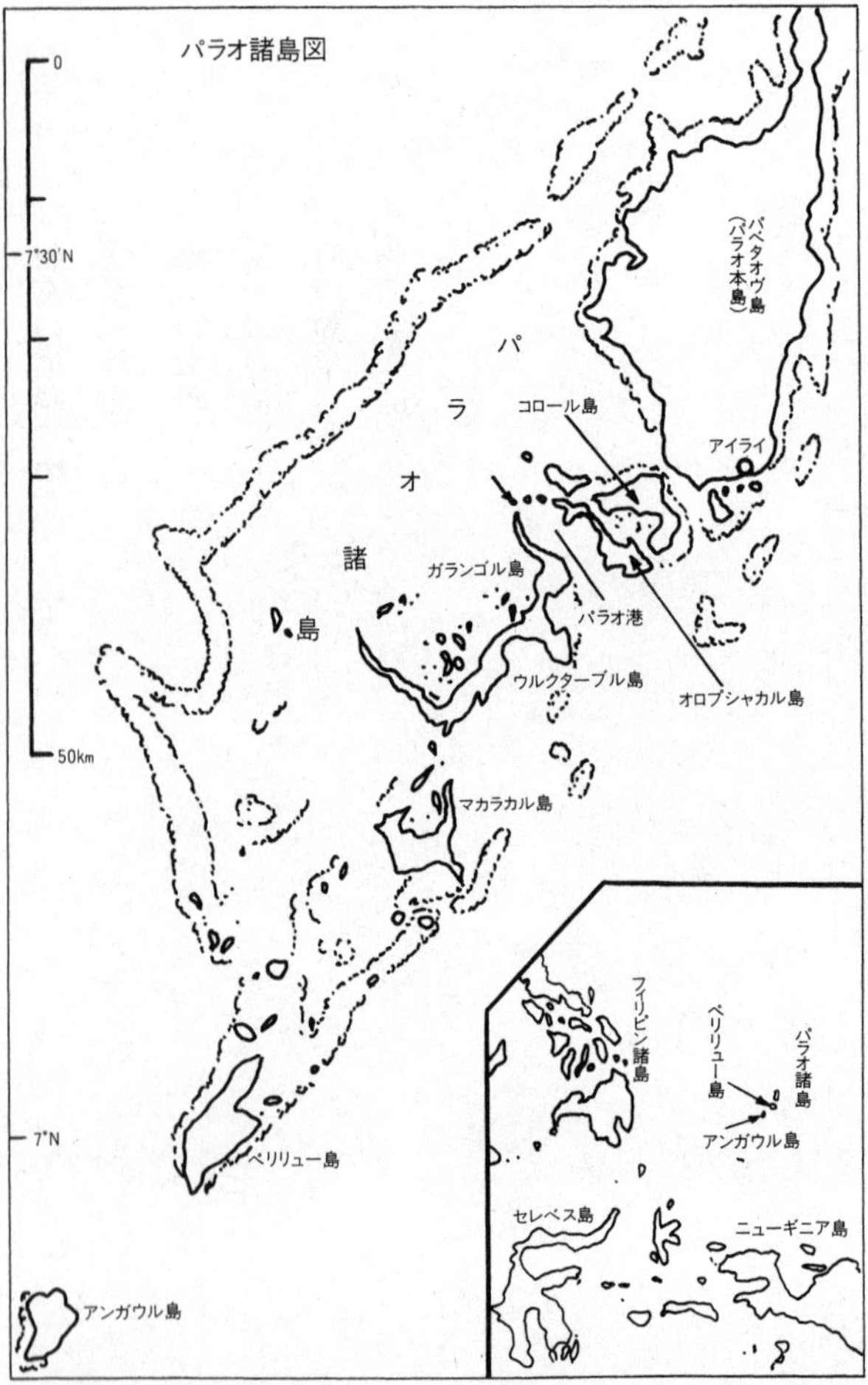
パラオ諸島図
0
7°30′N
50km
7°N
パベタオヴ島
（パラオ本島）
パ
ラ
オ
諸
島
コロール島
アイライ
ガランゴル島
パラオ港
ウルクターブル島
オロプシャカル島
マカラカル島
ペリリュー島
アンガウル島
フィリピン諸島
ペリリュー島
パラオ諸島
アンガウル島
セレベス島
ニューギニア島

# 陸軍〝離脱部隊〟の死闘

——汚名軍人たちの隠匿された真実

# 逃亡兵の抹殺

ある老母から、次のような述懐を聞いたことがある。

「私には男の子が三人ありました。長男は近衛兵で皇宮警備にとられ、次男は満州の孫呉《ソンゴウ》に行っていました。残った年のいかない三男までが、航空隊に志願するといって試験を受けましてね、一〇〇人のうち五人しか受からないというのに、その五人の中に入っちゃったのです……。戦地に発つ三男を見送って帰りの汽車の中で、私は人目もはばからず大声あげて泣きました……」

この老母の亡き夫は、大正天皇のご学友であった。関東大震災の時など、いつ御前《ごぜん》からお呼び出しがかかるかわからないからといって、紋付き羽織袴だけを持って逃げたという。この気性の勝った誇り高い明治の女性が手離しで泣くということは、戦地に行く子の運命が死であることを承知し覚悟していたからであろう。

日本人が一丸となってすべてをなげうって戦った戦局は我に利なく、ついに敗戦という現実を迎えた。すでに主要な都市は焼夷弾と原爆によって焼野原と化していた。祖先が血を流して得た広大な領土も失われた。せまい国土にひしめく飢えた人々は、明日という日を信じられぬ虚無と混乱の渦にまかれていた。何にもまして、四年の間に、軍官民あわせて二八〇万人という尊い人命が失われたことが大きかった。生き残った肉親たちは、さまざまな問題を抱えこまされたのであった。

これら犠牲者たちの死は、たった一片の戦病没の公報で簡単に処理されてしまった。戦場は主に外地だったから、ほんの初期の頃や特殊な場合を除いて、遺骨は遺族の許に帰ることはなかった。遺骨とは名ばかりで、白木の箱には、砂や石、紙片や木片が入れてあった。当時は個人の権利を主張するなどという事を知らない時代だったから、「私の息子の本物の遺骨を渡してください」などとかけあう母親はいなかった。たとえいたとしても、国のためだと一蹴されてしまったことであろう。

死んだ私の母も、最後まで私の弟である三男の戦死に執心していた。それというのも、戦死の公報のあった次男である私が生還したので、三男もあるいは横井伍長のように生きているのではないだろうかと、あきらめきれなかったのである。もちろん、弟の遺骨も戻ってきてはいなかった。

母というものは、しかし、たとえ遺骨がもどっていたとしても、息子の死を信じようとはしないものではなかろうか。戦場で戦闘を体験していやというほど戦友の死を目のあたりにしている私でさえ、弟の死がほんとうであろうかと、あきらめきれない気持が、まだ心の底に残るのである。

パラオ戦場の生還者である私は、遺族たちから、「私の夫は、私の父は、私の息子はどのような状況の中で戦い、どこでどんな最期《さいご》を遂げたのでしょうか。目撃者は、死水をとってくれた人はいたでしょうか。どんな事でもよい、ぜひ教えていただきたい」ということを、異口同音に熱っぽく訴え続けられた。遺族の本心というものは、肉親の死を確認できる情報をつかみ、戦死した場所を見、遺骨をその手でさがし出した時に、はじめて肉親の死が現実であることを悟り、納得するのである。

現に私は、私が組織した遺骨収集団がパラオ諸島へ渡島した際に、遺族たちのすさまじいまでの執念を目のあたりにしている。島の炎暑に耐えられそうにもない華奢な女性の、岩山をはい登りジャングルの叢《くさむら》を手でかきわける姿には、深く心をうたれたものである。

二八〇万人の戦死者の家族といえば、莫大な人数であろう。これらの遺族にとって、未収骨の英霊の問題は、三〇余年という年月をもってしても解決しえない心のしこりとなっているはずである。南方方面での戦死者の遺族たちは自費でその地を訪れているが、現地はジャングル化していて収骨は容易にはできず、そこ《ここ》を訪れたことで慰霊墓参としている。だが、ソ連、中共地区はそれさえかなわず、凍えた大地に墓標もなしに肉親を葬ってきた遺族は、戦友たちまでが、政府の外交的手腕のふがいなさに泣いているのである。

本書の主人公高垣勘二少尉の母堂、当時六六歳であった高垣ヨシノさんからの私宛の手紙にも、パラオ諸島で戦死した息子の階級に関する不審をただしたい旨がしたためられてあった。終戦後、国のあらゆる機関にあたったあげく、この私を頼って相談してきたのである。名誉の戦死をとげた息子に賜わったはずの二階級特進が、実際には与えられなかった。老婆の心のうちは、国に対する不信感で一杯であった。

依頼を受けてノートをとり始めたのは、その年昭和四十年の秋であった。調査は当初の予想をはるかに上まわって、意外に長びき、五十一年の夏まで続いた。奇妙に謎めいたところが多く、日本側の資料だけでは足りなかった。米軍側の公刊戦史を得るために渡米したり、直接パラオに現地調査したりして、事の全貌がどうにか明らかになってきたのであった。

　調査中、特に私がショックを受けたのは、高垣少尉が部下ともども〝逃亡兵〟の汚名をこうむっていたことだった。〝ここに問題の核心がある〟とピンときた。高垣少尉は逃亡兵扱いをうけたのち「海上遊撃隊」に参加した――とあったからである。実は、彼らが戦った戦域で、「逃亡兵」を軍法にかけて罰することなく、特殊なやり方で彼らを死地に追い込んだ話を耳にしていたので、おそらく高垣少尉もその扱いを受けたに違いないと思ったのである。

「海上遊撃隊」――いかにも勇壮な呼び名である。特別な訓練を受けた部隊が島を包囲する敵軍艦をつぎつぎ撃沈する、そのような光景が目に浮かぶが、実は海軍ではなく陸上で戦うよう訓練された陸軍が、ことのなりゆきで海上での決戦を余儀なくされたため生まれた苦肉の策の攻撃隊であった。パラオ戦場では、陸軍が海上で決死の攻撃をしたのである。これは考えるだけでも無謀であり、戦果を期待できるはずもなかったことなのだが、当時これを命じた者のいたこと、無謀と知りつつ黙々としてこの命にしたがった者のいたこと、そういう時代であったことを、後世に伝えるべきであると私は信じる。

　この「海上遊撃隊」について、当時の軍の記録の概要には、「昭和十九年十月十二日以降、そこの捜索拠点をマカラカル島に推進、（中略）ウルクターブルにも配備、マカラカル島、三ッ子島以北の島嶼《とうしょ》を確保し、積極的奇襲遊撃戦により、ペリリュー島からの米軍北上企図の擾乱《じょうらん》破砕を図った」とある。

さらにその後の命令で「十一月五日には、パラオ地区集団海上遊撃隊を編成、兵力三五〇名」とある。なお、前述した任務のほか、「集団が神機を捕捉して、ペリリュー島への反撃を敢行する場合のため諸準備をなさしむ」と追加されている。

海上遊撃隊の攻撃目的と方法は、「選抜少数人員、小舟艇、ガソリン又は重油ドラム罐、機雷、爆雷、小口径砲等により編成装備する海上遊撃隊を、多数、広正面にわたり薄暮夜暗に乗じ『シラミ』のごとく敵上陸点の後方海面に這い出させ、陸上攻撃部隊の行動に呼応し、敵舟艇を爆破、炎上、砲撃する等、敵上陸部隊の後方海面を擾乱する」ことであった。

これが照集団、宇都宮第十四師団を主力とする陸海軍配属部隊の集団長井上貞衛中将の命令により編成された「海上遊撃隊」である。

パラオ戦線は、予想をはるかに上まわる実に過酷なる戦闘へと進展したため、多数の島々において、作戦の失敗、連絡不能などの予期せぬ混乱が生じ、多数の逃亡兵が発生していった。

その時の戦況を目のあたりにするような話を、吉祥寺の藤野粂《くめ》蔵さんからも聞いていた。

藤野さんは、昭和五十二年の春、新宿の島田紀之君が組織した「玉砕のペリリュー島慰霊団」に参加し、大阪の直南三〇〇〇キロに位置する絶海の孤島を三二年ぶりに訪れ、亡き戦友の墓参をされた。帰国後、私を訪問して話してくれた、先任下士官であった頃その島で目撃したその実話に、私が調査した秘話を加えて、当時の情況をまず再現してみたい。

藤野さんはパラオ本島で軍の重要な通信業務を担当する歴戦の勇士だった。昭和十九年の秋、海上遊撃隊に参加することとなり、同隊の第二基地であるウルクタープル島へと南下した。

NGURKTHABEL＝ウルクタープル、NGからはじまるパラオ語の発音は、世界の難語の一つといわれている。この語源は神話から発生したものであるという。島名、地名はすべてNGからはじまっていた。パラオ一帯には、昔から文字はなく、すべて口伝《くでん》による。島民にこの島名の意味をたずねると、「神の島」あるいは「細長い岩山」だということであった。

さて、藤野さんは、このウルクタープル島で不快な光景を見た。全身褐色に陽焼けした裸の身に褌一本という男が二人いたのである。武器は全く所持していなかったが、明らかに日本兵だった。彼らこそ激戦中のペリリュー島から戦場離脱をした者で、俗にいう敵前逃亡兵だった。無防備の二人はすぐ捕らえられた。彼らは、上官の目前で、石のように直立していた。

戦場離脱兵＝敵前逃亡兵は、軍刑法では死刑である。当時井上中将は、特に戦陣訓による「戦場離脱、略奪、虜囚の罪」を厳重に戒《いまし》めていた。だから、この戦場に戦うすべての将兵は、万が一にもわが身がこの戒めに該当する事態に陥った時には、いさぎよく自決するをよしと覚悟していたのである。

兵が軍規や戦陣訓に違反するをいさぎよしとしないことはいうまでもないが、汚名が家族はもちろん一族にまで及ぶ日本の旧習をより恐れていた。軍規をおかした者の死後の位牌には縄が巻かれるといった慣習をいみ嫌う気持の方がむしろ強かったのである。

当時、つぎつぎと玉砕に追い込まれていった各地の戦場におとらず、パラオ戦場の激烈過酷さは、さしもの将兵たちのかたい覚悟や戦場における常識をさえも狂わしてしまうほどのものであった。

たとえば、その勇壮さで名をはせた「飯田大隊」の決死の〝逆上陸〟は、ペリリュー島北岸に苦心の末達着しようとした寸前米軍に発見され、海上で、しかも暗夜に、猛砲火を浴びせられた。そのままでは犬死だった。将兵たちが、なんとかこの危機を脱して生きながらえ、再び敵を討つ決意で近くの島々へとりつこうとしたのは、当然の行為であったといえよう。だが、犬死をきらった者は、極言すれば、すべて戦場離脱の罪を自ら構成したことになるのであった。

ペリリュー戦において、米軍は、島の南西に上陸以来、短期日に日本軍を北部へと追いつめた。進退きわまった多くの兵士たちは、せまい島の中でこのまま無抵抗に米軍に殺《や》られるより、一時転進して離島し移動しようとする。パラオ本島、ペリリュー島二つの戦局で、何百人もの離脱者が発生した。ところが司令部は、移動した者を、理由はともあれすべて逃亡兵、戦場離脱者であると断定したのであった。

もとをただせば、司令部の作戦の愚劣さがこのような事態を招いたといえる。だが、問題は井上集団長や多田参謀長が、この予期せぬ現実を知ったとき、どのように考えたかということである。おそらく、数百名の逃亡兵をいちいち軍規どおりに銃殺刑にしていたら全軍の戦闘意識が低下してしまうことを、いちばん恐れただろう。また、自分の隷下に多数の逃亡兵を出したことが知れれば、彼らの昇進にかかわることを内心恐れたとも考えられる。そこで非合理な体罰を与えるという残忍な手段が考案されたのだった。逃亡兵を処刑なしに抹殺することのできる巧妙な方法をである。

藤野さんの所属していた隊の上官が、真っ裸の逃亡兵二人をどのように扱ったか、そのやり方こそ、上層部の考え、すなわち井上中将の命令であった、と私は思う。捕らえられた二人は、極度の恐怖におびえきっていた。一人はM上等兵と名乗り、他の一人はS一等兵と名乗った。上官のきびしい追及に、二人は逃亡の罪を認めた。認めた上は処刑である。声高にあるいは押し殺した低音をもって、長々と説諭が続いた。軍隊では言いわけはいっさい認められない。二人は最後に銃殺刑がいいわたされる事を覚悟した。

ところが、「お前たち二人を本日よりわが海上遊撃隊の一員に加える」という、思いがけない命が下った。「ただし、一日も早く逃亡の汚名を挽回するため、必ず米軍の駆潜艇を攻撃し撃沈させること」という条件が付いていた。

二人は、説諭ののち銃殺の執行があるとばかり信じていたので、夢かとばかり驚いた。逃亡の罪の意識に責めさいなまれてもいたので、救われた喜びにまして任務の重さに感泣したほどであった。

次の日、上官は二人に詳細に指示を与えた。「ペリリュー島沿岸に群がる米軍の駆潜艇を攻撃せよ。攻撃は今夜半。もしも不成功の時は、連日攻撃を繰り返せ」

唯一の攻撃用新兵器と称する爆薬筒がそれぞれに一本ずつ与えられた。ウルクターブル島からは、米軍の駆潜艇や小型船艇がよく展望できた。その攻撃目標を指さしながら命を下す上官を前に、MとSは勇奮した。

当時、パラオ本島で海上遊撃隊が使用する攻撃用兵器を製造していた兵器掛《がかり》士官の早乙女英二氏によると、ペリリュー、アンガウル両島に奇襲上陸した米軍は、それまで日本軍が見たことのない、巨象のようなM3戦車を上陸させたという。この強力な戦車を破壊する破甲爆薬の発明がいそがれていたのだが、兵技部は、パラオには下駄ばきの偵察機がわずか二機しかないのにもかかわらず、五〇〇キロ爆弾だけは山積されているのに眼をつけ、その爆薬を分解してM3戦車用破甲爆雷を急遽製造したという。五〇センチ角の箱に黄色薬を充塡し、その上部に手榴弾用の信管をつけた原始的なものである。だが、導火線の長さは一五センチ、点火して爆発までの時間の長さは一五秒というこの苦心の爆雷も、最も必要としたペリリュー、アンガウル両島への補充の道がつかず、製造したパラオ本島には米軍の上陸がなかったので、宝の持ちぐされとなってしまっていた。それを、新たに編成した海上遊撃隊用兵器にふりかえたのである。

遊撃隊では、この爆雷を筏《いかだ》に搭載して敵の小型船艇に近づき、スクリューを破壊する目的に使用した。黄色薬は強力な爆破力を持っていた。その点はよいのだが、五〇キロという重量は、泳いで運ぶには重過ぎた。そこで、筏を使用した。この重さが泳ぎながら筏を引く兵隊をどれほど苦しめたか、想像にあまりある。さらにもう一つの大きな欠点は、爆発までの時間が一五秒しかないことである。水上では決定的な欠点であった。地上なら一五秒あれば訓練された軽装の兵隊は一〇〇メートルは走れた。しかし、海中では、いったい何メートル泳げるか。爆発の余波圧力はものすごい。ほとんどが即死である。

命令は、それを承知で下されていた。

海上遊撃隊側では、信管を改良するか、あるいは他の攻撃方法を考案されたいと、司令部に何回も意見具申をした。しかし、上申は黙殺された。ここに何らかの、かくされた事情があると考えてよいだろう。

箱型の爆雷のほかに、個人用の爆薬筒も製造されていた。パラオ諸島の島々に密生している太さ一三〜一五センチの孟宗竹を一メートルに切って乾燥させた中に、同じく黄色火薬を充塡したものである。一メートルの長さのそれを、小脇にかかえるか、背中に背負うかして泳いでいくのである。これもやはり相当な重さであった。終戦後、これら日本軍苦肉の策の爆弾を見た米軍が、あまりにも幼稚だと笑ったと聞くが、兵技部にすれば、追いつめられた戦況の中で、最大限に頭脳をしぼって造ったものだった。それにしても、泥縄式の戦い方では、つぎつぎと新兵器を編み出していた米軍に追いつめられたのは当然であった。

MとS、たった二人の決死隊は、爆薬筒を受領して夜を待った。闇のとばりに波の起伏がとけ込んで全く見えなくなった時、二人は米軍駆潜艇をめざして泳ぎはじめた。背中の筒の重みが全身にのしかかり、ともすれば海中に引き込まれそうになった。

MとSが泳いでいるデンギス水道は、めざす方向とは逆に、激しい潮の流れが押し寄せていた。それに逆らって、二人は歯をくいしばって泳ぎ続けた。

陸軍が泳ぐことじたい不自然なのだ。そればかりか、鉄の塊に等しい巨大な駆潜艇を肉弾で狙うのだから、容易ではない。

しかし、二人の脳裏には、「おまえたちが見事に米軍の駆潜艇を撃破したら、逃亡の罪は吹き飛んでしまう。そうなれば一躍殊勲甲だ！　金鵄勲章は確実だ！」と言いわたした上官の声と、冷然とした表情とが焼きついて離れなかった。

MもSも、攻撃が即死につながることは充分承知していた。しかし二人は、あの激戦のペリリュー島からの脱出に成功したこと、また、捕らえられたのにもかかわらず銃殺刑をまぬがれたことを天佑と信じていたので、おのれの運をもう一度かけたのだった。もしかしたら、爆発するまでに逃げられるかもしれない……。

この海上遊撃隊の攻撃は、私の資料によって調べたところでは、暴風雨とか豪雨のあった闇夜にのみ成功している。もちろん、大成功という場合も、スクリューを破壊したくらいのことで、当時大本営が発表したように、何隻破壊とか何隻轟沈といった戦果をあげるとは疑わしい。攻撃のつど、多くの兵士が爆死したことだけはまちがいないであろうが。

MとSの第一回の攻撃は失敗した。海上をくまなく探照燈で真昼のように照らして警戒する米軍の防備は堅かった。近づくことすらできなかった。

数日後、まだ無事に生きている二人を見た上官は、声を荒らげて詰問した。「おまえら、何をしている。なぜ米艦にぶち当らなかったのか！」「申しわけありません」と直立不動でわびる二人に、「マ、今夜はしっかりやるんだナ」と上官は背をむけた。

ともあれ、したたかなMとSは、攻撃に失敗して生き伸びた。「何している。早く突っ込め！　いつまで生きながらえるつもりだ！　肉弾となって逃亡の汚名を返上しろ！」

上層部の連中の本心が、いよいよ牙をむいた。汚名をそそぐため手柄をたてる機会を与えてやるとおだてておいて、その実は直接手を下さない処刑である。米艦爆破の名を借りて逃亡兵を抹殺するという、まことに残忍な趣向だった。

やっとそれに気づいた二人は、再び姿をくらました。

抹殺をはかった逃亡兵が海上遊撃隊から消え失せた後も、ウルクターブル島には来る日も来る日も米駆潜艇よりの砲撃があびせられた。日本軍は、攻撃するはおろか手も足も出せない状態のまま、島中の洞窟から洞窟へと彷徨する日々が続いた。

やがて昭和二十年を迎える。焼けつく灼熱の南海の孤島で、しかも敵艦艇に逆監視され、いつ彼らが北上して自分たちを襲うかもしれないとおびえている隊員たちに、正月気分など味わえるわけはなかった。

照集団の中枢が置かれているパラオ本島でさえ、食糧の貯えが底をついた。かつて関東軍随一を誇った精鋭の名を返上して、集団は農耕部隊に変貌せざるをえなくなった。銃を鍬に持ちかえた将兵は、本島のジャングルを開墾して、サツマ芋を栽培した。芋を主食とし芋づるを副食にした。それとて需要をみたすにはとうてい足りず、兵士は飢えて餓鬼となった。サツマ芋一本盗んだといって、気絶するまでなぐられる者、しばり上げられ木にぶらさげられる者、見張りの兵隊に銃殺されてしまう者等が続出した。

軍規も隊律もふり捨てた飢餓地獄に襲われたのは、本島だけではない。どこの島においても、将官佐官以外の者は、人間以下の生き方を強要された。

こうして、パラオ戦線における日本軍は、米軍首脳部の作戦の罠《わな》にまんまとおちた。まずアンガウル、ペリリュー島を攻略し、この両島に米軍航空基地を施設して、比島攻撃の足場を作ること、パラオ本島を包囲してこの島にいる日本軍のすべてを餓死させること、これが、米軍側の作戦だった。その手に見事に引っかかってしまったわけだ。

MとSが藤野さんのいた第二基地に姿を現わしたのは、その頃のことである。二人は近くの小さな島を逃げまわっていたらしい。近くに無人島はたくさんあるが、ほとんどが環礁と岩ばかりで、人間が棲息するに適していない。このままでは飢えて死ぬと知った二人は、海上遊撃隊の炊事場へ、危険を承知でこっそり忍び込んだところを、悪運つきてつかまってしまったのである。

逃亡罪という重罪プラス略奪の罪。軍人として、これほど不名誉な罪も少ないだろう。捕らえられればこの罪に問われる事を承知で食糧を盗もうとたくらんでしまうほど、飢えというものは人間の理性を狂わせ、生きようとする本能をむき出しにする。極限におかれた人間は、ある者は死に、ある者は生き伸びる。たしかに生き伸びる人間にこの本能の強い者が多いが、そこに矜持と節度が欠ける者はやがて脱落者となる。

戦後二十数年間をジャングルに生きた小野田少尉が人々の前に姿を現わした時、彼は日本人に日本軍人の鑑《かがみ》として対し、挙手の礼を送った。逃げ切ってしまったことで、彼は英雄となったのである。

MとSも、あと半年逃げのびていたら、脱落者は脱落者らしく、他に迷惑をかけることなく飢えをしのぎ生きていたならば、無残な死に目にあう事もなく、逃亡の罪を問われることもなく、帰国がかなったはずであった。

私は、終戦の日まで逃げ切って、無事に復員した者を数人知っている。

ともあれ、M、Sの件で連絡を受けた集団長が烈火のごとく怒ったことは容易に想像できる。自分の面子《メンツ》に泥を塗った二人にどのような刑を与えようか……。

処刑の日が来た。縛り上げられていたが、目隠しはされていなかった。見る者は、「武士の情」を思わせられたという。ウルクターブルの岸辺まで引いてこられた二人は、そのいましめを解かれた。

「泳げ！」

怒声がとんだ。

泳ぎはじめた二人に向かい、狙撃者が銃をかまえた。

「パン、パン」

という二発の銃声を藤野さんは耳にした。せめてもの情で、一発ずつで処刑したのかと思った。予想ははずれ、それからも数発の銃声がにぶく海中に吸い込まれていった。

あわれだった。一発では致命傷を与えなかった。発射のたびに、真っ赤な血しぶきが飛び散った。みるみるうちに碧《あお》い海は朱に染まり、朱の輪がひろがってゆく。悲惨この上もないこの抹殺劇――。小銃で五尺余の鮪《まぐろ》でも射つ競技のような、あるいはジャングルでオランウータンをハンチングするような、そんな場面が展開されたのである。あの南溟のすきとおる美しい海、熱帯魚の群をあざやかに見せてくれる海、紺碧の夢のような島の岸辺で……。

抹殺はまだ終わっていない。MもSも数発の銃弾を身に受け、もはやこれまでと観念のほぞをかためたものの、肉体は最後の最後まで生きのびようとする本能にかられ、蜂の巣のように変わり果てながら海中でもがいていた。その姿は、万に一つの奇蹟に挑戦しているように見えた。

だが、やがて二人の手足の動きが緩慢になり、Sの方は頭を水中につっこんだまま、とうとう動かなくなってしまった。

Mの方はと見ると、誰もが思わず寒気だつほどの情景があった。Mは浅瀬に立ち上がり、血みどろのまま、弁慶の立往生のように、仁王立ちになった。よろめく足をガッとふまえ、カッと眼を開くと、自分の額を指し示した。

「ここを狙ってくれ！　ここを射ってくれ！」

その声には、体内に残るありったけの息をしぼり出すような重苦しい響きがあった。やがてゼーゼーという音とともに血を吐いて、Mはガバッと海面に倒れ、絶命した。

Mの最期《さいご》の絶叫こそ、戦争という異常な場において同朋に殺されてゆく無念さであり、日本人が同じ日本人を殺戮する事が許される矛盾に対するせい一杯の抗議ではなかったたか。

抹殺者をのろい憎む死の声も、朱に染まった海面に吸いとられて消えた……。

これと同じような軍法会議ぬきの処刑が、ここウルクターブル島だけではなく、ペリリュー島近海の離島や、数ヵ所の海上遊撃隊の基地にもあった。パラオ本島にさえあった。一銭五厘の葉書で召集できた兵隊の生命は、ほんとうに一銭五厘の価値しかなかったのだろうか。だからこそ動物以下の生活を強いることができたのか。

MとSが盗みでつかまった時、手ひどい尋問にあったことはいうまでもない。居直った二人は、「逃亡兵はわれわれだけではない」と反論した。もう駄目だと観念した二人は、〝自分たちだけが殺られるなんて馬鹿なことはない、同じ逃亡兵を死の道づれにしてやれ〃と思ったのか、あるいは〃われわれを抹殺しようとしているお前たちに、もっと多くの殺人を犯させ、のろいとうらみでお前たちが一生悔やむような宿業を与えてやる〃との執念を抱いたか。戦争とは、人間にとっていったい何か。神仏ありとせば、人間の運命をめちゃくちゃに翻弄するその意味を教え給え、と二人は天に祈ったか、それとものろったか。

つい最近のこと、この島から帰還した一人が死亡した。その最期も異常であり、〃狂い死〃か〃呪い死〃か、区別ができないほどであったらしい。

藤野さんは、生前のMと話を交えたことがあったという。M上等兵は江戸っ子で、浅草の国際劇場の近くで小料理屋を経営している店が生家だといった。戦後パラオから生還した時、そのことを記憶していた藤野さんは、思い立って出かけた。一日たずね歩いたけれども、Mの話していた店は探し出せなかった。

藤野さんが彼の生家を尋ねようとしたのは、せめて霊前で焼香し、心おきなく成仏できるよう祈りたいと願ったのだったが、もしMの家をほんとうにさがし当てて、彼の両親に会ったとしたら、何をどう報告し、どう慰めることができたろう。おそらく遺族は、「あの子はパラオで遊撃隊員として活躍し、いさぎよく玉砕してお国のために役立った」と信じているであろうから。

それにしても、井上集団長も多田参謀長も、おそらく数ヵ月後には敗けることが予想されていたのに、なぜ逃亡兵を抹殺したのだろう。軍事の専門家である二人が、米軍の実力を身をもって体験し、敗北の道をたどりつつある現実をよく知りながら、なぜ事実を大本営にそのまま報告しなかったのであろうか。アンガウル島が玉砕し、ペリリュー島が玉砕し、その上パラオ本島では五〇〇〇人の餓死者を出すという逼迫《ひっぱく》した状況にありながら。

何よりもまず、米軍の能力に対応する布石が甘かった。われわれが汗して掘った壕《ごう》が米軍の艦砲射撃で一時間でつぶれてしまったことなど、軍事の専門家としての読みの甘さをあらわすよい例である。作戦の勉学を怠っていたのではないか。日本軍の指揮官は、中佐以上になると会合や宴会が多く、あまり勉強しないが、米軍は上層部ほど軍事専門知識の習得に励んだ、という巷間の批評は、あながちでたらめであるとも思えない。

やむをえない事情でわずかな食糧や一本の甘藷《いも》を盗食した者を処刑し、あるいは戦場を離脱した者を軍法にもかけずに逃亡兵と断定する――そういった決断は早かったが、戦いの先手をとるための必勝の信念にもとづく英断ができなかった。そのための損失は大きい。

いまだから話せるが、飯田大隊の逆上陸についても、問題は残されている。

昭和十九年九月十九日、ペリリュー島守備隊の勇将中川州男大佐は、在パラオ本島照集団長の井上貞衛中将宛に次のような戦況報告書を送っている。

「九月十五日、リュパタース少将の率いる米海兵第一師団、二万一六〇〇名がオレンジビーチより上陸して以来すでに四日を経過した現在、逆上陸は時機的に遅いと思う。近代兵器のすべてを駆使する強敵に対し、戦車も野砲も持たない歩兵十五聯隊主力をペリリュー島に増援しても、正攻法では勝算がない。この島はわが守備隊だけで死守する決意は十分である。これ以上の兵力を注ぎ込んでも無駄である」

だが、優れた戦況判断、真の武人のもつ悲壮な決意、将兵の生命の価値を尊ぶ名将の心を理解出来なかった多田参謀長と井上中将は、関係者の逆上陸有効の主張を認めてしまったのである。ペリリュー島主将中川大佐は、すでにその頃、敵側の手の内を読んでいた。

敵の西部上陸直接支援部隊長G・H・フォート少将が駆潜艇と舟艇四隻を島の北部に配置して各艇に命令した内容は、「海上に何か発見したら必ず砲撃せよ。敵味方の確認は後でせよ！」というもので、徹底した警戒ぶりであった。にもかかわらず集団長以下は中川大佐の忠告も解せず、また米軍の戦法をも全く理解できず、精神力だけを信じていた。あの逆上陸が敵上陸の直後におこなわれ、そして米軍上陸の背後を突いていたとしたら、ペリリュー決戦は逆転して、米軍が玉砕していたであろう。

いずれにしても、先手必勝の信念が全くなかったため、多くの先人が血を流して得た広大な国土を、先輩たちが苦労を重ね開拓した無数の内南洋の島を失い、加えて、あまりにも多くの将兵の尊い生命を犠牲にしてしまった。こういう軍部の失敗と欠陥は、ここパラオ諸島戦線のみでなく、すべての戦場においても存在した、と生還者である多くの歴史の証人たちはいう。また彼らは、いまもってそれらの事実を軍部に対する〝疑念〟として抱えている。

「パラオでは、あれほどまでしなくても……」という疑問を抱く藤野さんの心が、痛いほど私にはわかった。

私にも、別な角度から、問いたいことが多々ある。たとえば、終戦直後の肝心な時期に政権をとった吉田茂総理は、なぜ外地戦場処理を米国に交渉し実現させなかったのか。彼は英霊の収骨のため日本丸を出し、各戦場に慰霊碑を残し、戦没者慰霊顕彰は国家繁栄のために永久に必要であるとして関心を抱きながらも、なぜその確固たる基盤を設定しなかったか。そして当時の戦争責任者や軍の上層部の生存者は、その頃は喰うに追われ、生きることに必死だったという理由はあったにしても、率先して各戦場を訪れ、そこに放置されている部下将兵の遺骨を収集し、戦没者慰霊の範をどうして示さなかったのか。進駐軍の管理下だったとはいえ、それは、日本人としての道であり、英霊と関係ある者としての当然の義務ではなかっただろうか。

逃亡兵のMとSが訊問された時の証言で暴露した「逃亡兵はわれわれだけではない。他にもいる」という、この意外な事実については、すでに拙著『サクラ サクラ（ペリリュー島洞窟戦）』で若干ふれたが、さらに重複しない事柄を話してみたい。

その頃、問題の逃亡兵は、たしかに集団をなしてウルクターブル島の西側に点在する椰子林の中にたむろしていた。逃亡集団の多くは、水戸歩兵二聯隊を主力とするペリリュー守備隊長中川大佐の隷下にあった海軍の飛行隊だというが、正確には西カロリン方面航空隊ペリリュー本隊と南西方面海軍航空廠の一部であった。両隊は海軍大佐大谷竜蔵を航空司令とし、副司令は遠藤谷司中佐であった。

隊は、司令の姓をとって大谷部隊とも呼ばれ、その名をとって竜部隊とも呼ばれていたが、かつては多くの零式戦闘機を持っていた有名な航空戦隊だった。しかしペリリュー決戦時の実態はまことに淋しく、航空機の多くはダバオに移動し、島に残されたわずか八機の零戦も、米軍の上陸以前にたたきつぶされて、皆無となっていた。そのため、大谷部隊は陸戦隊に急変し、陸軍とともに米軍に反撃したのである。緒戦の日に司令の大谷大佐は戦死したので、かわって副司令の遠藤中佐が指揮した。中佐は、隊員を率いて島の北端ガルコル波止場の近くに南北に延びる台地の地下にある大洞窟の陣地に移動した。

昭和十九年九月も終末に近かった。パラオ本島からの援軍である飯田大隊の逆上陸も、優勢な米軍の猛攻に妨げられて、その効は少なかった。すでに決戦はわれに利なく、日ましに玉砕の影が濃くなるばかりであった。

遠藤中佐は、航空機もなく海軍の支援もない近代戦は無謀きわまりないことを、実感として感じとっていた。このまま大洞窟内で持久戦を継続しても、やがて米軍の火炎放射によって焼殺される。といって、斬り込むこともできぬ。残された道は、逃亡か自決かであった。だが中佐は、この時を予想して、そのために隠匿し続けてきたのだろうか、折り畳み式の大発動艇を闇に乗じて波止場に運搬させようとした。ところが、海岸までの、わずかな距離が、なんとしても進めなかった。

ペリリュー戦場には、夜も闇もわずかしかなかった。間断なく打ち揚げる照明弾の冷酷怪異な輝きが夜を真昼に変えて、動くと砲撃の的となった。照明弾の発光がつきて次に打ち揚げが始まるまでのごくわずかな間に闇が戻る。その闇に動くしかなかった。中佐の舟艇は、闇に引きずられては海岸に近づく。

やがて遠藤中佐を囲んで現われたのは、既に逃亡を企てていた経理部の井上大尉、海軍設営隊長の谷中尉であった。中佐を含めて三人の将校が集結した後に、海軍航空隊員五七名と陸軍兵士一名、合計六一名が、舟艇に乗り込み、北岸を離れてパラオ本島に向かった。島では、陸軍が壮烈な夜襲で米軍を血祭りにあげているというのに。

こうして、遠藤中佐一行は、米軍の厳重な海上監視のなか、必死の戦場離脱に成功したのである。

当時のパラオにおける海軍部隊には、海軍中将伊藤賢三を司令官とした海軍第三十根拠地隊があった。隊には、海上部隊と陸上部隊、魚雷艇隊と西カロリン航空隊があり、四五警備隊司令は森可久大佐、首席参謀は冨永謙吾中佐であった。昭和十九年に照集団がパラオに派遣されて以来、この海軍部隊はすべて照集団の隷下に編入されていた。

遠藤中佐を中心にした集団逃亡の事実を知って度肝《どぎも》を抜かれたのは、伊藤中将と冨永中佐であった。特に司令森大佐と陸軍側の多田督知参謀長の二人は、即座にこの全員を叩き斬ろうと激昂していた。それまで逃亡兵と関わりの深かったパラオ憲兵隊の隊長宮崎有恒中佐も狼狽した。

遠藤中佐はパラオ本島の海軍根拠地司令部に呼び出され、司令森大佐によって厳格な事情聴取を受けた。けれども、それは軍法会議ではなかった。その日の模様を知る者の話によれば、森大佐は終始逃亡についての反省を求め説諭に努めたが、遠藤中佐は逆に激しく反論し続けたという。

「私は帝国海軍の軍人であるから、死は願うところである。だが、無意味な死は望まない。軍人の死こそ意義あるものでなければならない。そのためにこれまでご奉公したのではないか。そもそも航空隊であるわれわれには、肝心な航空機が皆無のペリリュー島で陸軍と一緒に玉砕することが不本意である。

いままさに帝国海軍は、一機一艦主義で米国を打ち破るべき、国家存亡の危機にある。この戦争に勝利をうるには、一人でも多くの航空兵を必要としている。そのことは、大本営がよく承知しているはずである。貴官にもその必要はおわかりのはずではないか。私の言葉を疑うなら、いま零戦を私に与えることだ。これからペリリューの米軍に大打撃を与えてごらんにいれようではないか。航空隊である私たちにはそれができる。かくあるわれわれが陸軍と一緒になってペリリュー島の地上で戦闘して玉砕することは無意味である。

日米戦はこれからである。われわれはあくまでも航空機に乗って、米軍と一戦を交え、しかるのちに空中で玉砕することを本望としている。その大目的のために、一時的にペリリュー島を離れたにすぎないのだ。それを逃亡したとは、あまりにも非常識ではないか。真の武士道とは、死にある。その死は意義を求めての死であらねばならない。

貴官は私を誤解しているようだ。一つはおまえは米軍の優勢に驚いて逃げ帰ったと思う点、他の一つはペリリューで米軍に殺られるから恐怖のあまり逃げて戻ったと信じている点である。だが、私は死を恐れてはいない。恐れるのは、航空機とともに死ねないことだけである。そのための一時転進であることをなぜ信じてくれない！　この転進にしても、容易な事ではない。必死であったことはいうまでもない。貴官のように机上作戦が戦争であると信じる者に、何がわかる。九死に一生をえて戻り、さらに死処を求め、闘魂を燃やすわれわれに対し、戦場離脱とはなんたる無礼！　逃亡兵呼ばわりは許せぬ！」

遠藤中佐は激怒し、自己の信じる主張を一貫して持し続け、おのれの信念を絶対に曲げようとはしなかった。

だが、激動変転するアンガウル、戦闘熾烈過酷をきわめるペリリュー、この両島の戦況を考えても、さらに、いつなんどきここ本島に敵が上陸してくるかもしれぬ非常時を思えば、遠藤中佐の個人的な主義主張は愚の骨頂であるとして一掃され、中佐は狂っているとして一笑に付されたという。

　ともあれ、中佐とその一行は、逃亡者としての罪は受けなかった。しかし、直ちに海軍魚雷挺進攻撃隊に編入された。この決死攻撃隊は、前述した陸軍海上遊撃隊と同じような、つまり陸軍では爆雷を、海軍では魚雷を筏に搭載して敵の艦艇に接近し、自爆して玉砕するもので、いうなれば、逃亡兵〝抹殺〟という隠された意味を持っていたのである。

　遠藤中佐が率《ひき》いた逃亡兵六〇名が参加した魚雷挺進隊、別名人間魚雷隊の基地は、陸軍海上遊撃隊と同じようにパラオの最南端、マカラカル、ウルクターブル両島と指示された。

　一ヵ月が経過した。照集団司令部では、遠藤中佐の一団が魚雷攻撃を決行せず誰一人犠牲者も出さずに健在でいることに憤りを抱いていた。抹殺されずにいることが不満だった。十九年十月三十日のこと、司令部は中佐以下六一名を捜し出した。その日、集団長は、人間魚雷隊と仮称するこの集団逃亡兵たちに最終の命令を伝達したのである。「ペリリュー島増援斬込《きりこみ》隊」という名の逆上陸の指示であった。かつてMとSが受けたように、六〇名の多くを海中に泳がせて銃殺するわけにもいかず、人間魚雷として自主的に自爆することもしないとすれば、この決定的な命令によって、米軍に集団抹殺を託すほかないと考えたのである。これは、増援斬込なる勇名をオブラートとした抹殺の手段にほかならなかった。

中佐を斬込部隊長とした一行は、コロール島で武器弾薬と食糧を受領し、勇躍してペリリュー島に向かって南下したまま、数日にして消息を絶った。

中佐一行の逆上陸決行は、天候の不良、悪化によって実施困難であった、とある人はいうが、その真相はいささか異なっていた。中佐は、斬り込みを真剣に考えていた。米軍の真っ只中に斬り込んで、逃亡の汚名をそそぎ、武士としての最期を立派に飾ろうという決意をかためていた。だが、六〇名中の大部分は、死を恐れ斬り込みを恐れ、中佐の固い覚悟を恐れていた。そこで、いまはロック・アイランドとよばれている岩山の無人島を転々と回り、そこに上陸して、中佐の斬り込みの妨害をはじめたのである。だが中佐は、六〇名の一人ひとりに、軍人とは、軍人の宿命とは何かを説き続けた、中佐はかつて上司に説諭されたとおりのことを、いま部下たちの上に再現させていたのである。

当時、藤野さんが所属していた軍通信隊は、照集団司令部の直轄下に置かれていた。井上中将の命令を逃亡兵側に伝達し、逃亡兵の情報を中将に送るという特殊な任務があった。それで、通信隊には、逃亡兵側からも命令受領のための伝令が常に姿を見せていた。

その日、遠藤中佐の率いる一団の逆上陸が予定より遅れている実態に激憤した集団司令部から電文命令が送られた。

「オ前ラハ、兵ニアラズ、非国民デアル……」

これが、遠藤斬込隊長以下に下された最後通告であった。

この命令を受領して帰隊した逃亡兵側の伝令は、二度と再び現われなかった。

それから数日あと、藤野さんはウルクターブルの西部を通った。

彼は、一陣の異様に生臭い風に鼻を衝かれた。戦場ではよくあることで別に気にも止めなかったが、ふとこの間の電報が頭に浮かんだ。「兵ニアラズ、非国民デアル……」――藤野さんは急に足をとどめた。

地獄から噴流するような強烈な臭いが、彼を興奮させた。あたりを探してくれと、誰かが訴えているような気配を、彼は感じた。

蛇に似た太い蔓と青黒い葉をつけたタコの木があった。そのそばに蔦や羊歯《しだ》が異様に絡みついた岩があり、蔭に露出して、既に人体の原形を失った肉の塊が見えた。近づいて見ると、肉がくずれ落ちた兵士の遺骸であった。

手榴弾を抱えたまま折り重なっている兵士の遺体のかたわらに、逃亡兵側の伝令だった若い少年兵の見覚えのある雑嚢《ざつのう》があった。吹き飛ばされた肉塊と砕けた骨が散乱し、目も当てられない惨状であった。血は乾いて大地を覆い、十数個の遺体が灼熱の陽《ひ》に爛《ただ》れていた。腹部をえぐり取られてあとに残ったわずかな臓物が、白く動いていた。よく見れば、蛆《うじ》が蝟集《いしゅう》してそれを蝕《むしば》んでいた。いかにここが戦場だとはいえ、集団自爆のむごさは、どのような地獄絵図にも見られない、人間の持つ常識も感覚も狂わせてしまう凄惨さであった。敵弾による被害ならば悲壮感も残るが、これが逃亡兵のあまりにも変わり果てた自決の姿であることを思うと、むなしさを超えて、いらだたしいものをさえ感じざるをえなかったという。

藤野さんは、集団の最終的に与えた電文命令が、彼らをここまで追い込もうとは、予想だにしていなかった。あるいは中佐がこの地点で斬り込みの最終打ち合わせを終わり、反対者を処刑したのかもしれない。あるいは斬り込み不参加者に自決をうながしたのだろうか――彼は考え込んでしまったという。

その翌日、藤野さんは、遠藤中佐の率いる斬込隊がペリリュー島に逆上陸し、激闘のあと玉砕したことを耳にした。

「では、集団自決した十数名を残して、他は斬り込んだのか……?」

その日、藤野さんは逃亡兵に関する情報を集団司令部に発信した。

「遠藤中佐ノ率イル海軍魚雷攻撃隊ハ、本日ペリリュー島ニ決死逆上陸ヲ決行シ、中佐以下全員玉砕セリ」と。


だが、真相は、以下のごとくであった。斬り込みの一団は、めざすペリリュー島には上陸できず、隣接するガドブス島に達着した。そこで手ぐすね引いて待ちかまえる米軍の猛射の中に敢然と突き進み、壮烈な戦死をとげた。斬り込んだ人員は十数名だったとも、一〇名以下だったともいう。

悲惨なこの斬り込みの話は、悲劇の指揮官遠藤中佐を語らねば終結しない。

最初自分の主張を絶対に譲ろうとしなかったときの中佐の態度を見てもわかるように、彼はまことに優秀な軍人であった。それだけに、考える次元が他の指揮官と違っていた。中佐は冷静さを取りもどすにつれて、ペリリュー島守備隊が玉砕の運命をたどるしかない現実に心を痛めつつも、戦場の中に置かれている上級指揮官としての自分の立場を見きわめ、自分では処理できぬ運命の綾のおりなす宿業をさとるや、集団長の命ずる逆上陸に同意し、わが死所をたしかにここと見定めて、心の安らぎを得たのであろう。

だが、皮肉なことに、中佐の率いる六〇名の部下は、かつては一蓮託生を誓い合った同志たちであったが、今は中佐の新たな決意を理解できず、「こんな馬鹿な命令に従えるものか。これは抹殺命令ではないか、なぜ銃殺しないのか、こんなことなら自決すべきだ」と、中佐を困らせ続けたのである。

男児のいさぎよい本懐成就《じょうじゅ》を願い、武人の最期を立派に飾ろうと、中佐は部下の説得に情熱を注いだ。

「おまえたちは天皇陛下の忠良な臣民として死ぬか、あるいは逃亡者としての汚名を末代まで残すか、そのどちらを選ぶか……」

だが、中佐の立場はしだいに不利になり孤立していった。

あとに何が予想されるやらわからなくなったころ、必死の中佐の誠意を感じとった十数名が、集団自決の道を選んだ。残余の四〇余名は谷中尉が先頭に立って徹底して斬り込みに反対し、逆上陸を拒絶した。

ついに中佐が恐れていた事態が起った。反対派の代表者である古参の兵曹長が、大発艇の中で中佐の背後に回り、その背中を狙って発砲したのである。中佐は艇内にくずれるように倒れた。即死であった。「これで逆上陸をすすめる者が消えた。玉砕しなくて済む」と苦笑しながら、兵曹長は中佐の遺体を海中に叩き込んだという。

中佐の遺骸は、MやSのそれと同じように、碧海の波に漂って流れていった。だがその悲惨な光景を目撃した大尉と中尉は、その時に中佐の遺志をついで十数名の斬込隊を編成したのである。その一団が斬り込みを決行したのは、それより数日後のことであった。

かりに自決を一三人、逆上陸を一三名としよう。残りの三四名中の二〇名は再逮捕されコロールで銃殺刑に処せられたが、他の一四名はそのまま再逃亡し、引き揚げのどさくさにまぎれ込んで生還して、いまも平然として日本のどこかに生きているはずである。

当時のペリリュー島は、全島焼け爛れ、大地は鉄血で覆われ、蟻一匹生存できる余地がなかった。そこに米軍が手ぐすね引いて日本軍の逆上陸を狙っていた。それを承知で逆上陸命令を与えたのである。「このことじたい、いまになって誰が考えても、間違いだったのではなかろうか」という藤野さんの意見を、私は深くうなずいて聞いたのであった。

# 碧海の悲話

パラオが本格的な米軍の猛爆撃によって甚大な被害を蒙ったのは、昭和十九年三月末以降である。立ち並ぶ見事な椰子はことごとく吹き飛び、内地の繁華街に劣らぬにぎわいをみせていたコロールの市街も焼野原と化した。

パラオ諸島を攻撃した米軍の機動部隊にたいし、この島一帯を守備していたのは、宇都宮第十四師団とその配属部隊ならびに海軍三十根拠地隊であり、当時これを秘匿部隊名で照集団とよんでいた。集団の中核は関東軍の中でも精鋭の軍団だった。だが、その年の九月中旬、燐鉱石の島アンガウルと東洋一の海軍飛行場のあったペリリュー島が猛攻撃のあと米国海兵隊に上陸され、十九年の末には両島とも玉砕してしまった。南洋群島では、マキン、タラワ、サイパン、テニヤン、グアムに続く玉砕であった。

「われ太平洋の防波堤たらん」——このスローガンのもと、将兵は歯を食いしばり、各島の死守を誓って戦った。だが、資源の少ない小国日本が、精神力を頼りに勇気だけで戦っても、しょせんは、情報蒐集に優れ、加えて物量を誇る大国アメリカの敵ではなかった。

昭和二十年八月十五日、終戦を迎えた時のパラオ各島の地上には、何も残っていなかった。最後までここを守ろうと頑張った日本軍は、食糧不足で餓死寸前であった。日本は、莫大な常夏の群島と、貴重な南方資源と、ここに住む朋友である多くの島民とを失ってしまった。

だが、この島々に生き残った者は、これからは爆撃を受けることもなくなり、戦争の恐怖からようやく解放されて、平和の貴重さをしみじみと味わったのである。

戦後、群島は、日本に代わって戦勝国である米国に信託統治された。島民はスペインからドイツ、さらに日本から米国へと、異国人の支配下に移されたのである。特に米国は、合理的にここを統治した。第一に、群島の戦略的価値を認めた。もっとも、沖縄を日本に返還したあとの米国とすれば、この群島を最前基地と考えざるをえない世界の軍事情勢を考えてのことであったろう。事実、米国は、この玉砕戦場を、荒廃した殺風景な姿のまま、戦後三十数年間、放置していたのである。わずかな予算を与えられた島民たちは、島の復興に頭をいためていた。一例をみると、アイライ空港からコロールにいたる途中のアルミズ水道の架橋にしても、戦後三三年目の夏に、ようやく完成した。このように、限られた予算にしばられ、苦難の最低生活を余儀なくさせられて現在にいたっている。

実際に彼らが米国の統治下で吸収したものといえば、アメリカ流の合理性と進歩的思考だけであった。だが、あまりにもかけはなれた文明や文化は、島のためにはかえって逆効果であった。統治下の三十数年を経たのち、彼らパラオ人が、かつての南洋庁時代に理想とした姿を回想しながら悟ったことは、「世界でここマイクロネシヤを除けば、すべての統治領が独立してしまった現在、自らの繁栄は自らの手で創り出さねば……」ということである。これを見出すには、スペイン、ドイツ、日本、アメリカの四代にわたる植民地政策の下での、永い臥薪嘗胆《がしんしょうたん》の時代を経なければならなかった。そして、その中から芽生えた独立の英知が、ようやくパラオ人の団結の実りとなったのである。

一九八一年に、ついにパラオの独立が決定した。これは、この島および離島で玉砕散華《さんげ》した日本軍、餓死し病没するまで戦った将兵や軍属、官民あわせた犠牲者たち、同じくここで戦没した米国人たちの血であがなわれたものであり、何よりもパラオ人の宿願の成就《じょうじゅ》であり、また、「平和こそ人類の旗印」というすべての人々の願望がかなうことなのである。大東亜戦争の目的である「八紘一宇の精神」が、〝後進国〟に独立の契機を与えるために国を挙げて戦った悲願に発していたとすれば、その目的が、パラオ人や群島の人々の上に達成されようとしていることを喜ぶのは、私一人ではあるまい。群島が次々と独立をとげる日は、さして遠くないであろう。

パラオ諸島は、正確にいうと西カロリン群島の西端にあり、数多くの海の幸に恵まれている。そこにはバベルダオブと呼ばれるパラオ本島があって、南洋庁時代には、かなり多くの日本人開拓団が農業経営に当たっていた。

その実績の上に立って、経済自立のために生産基盤をかため、果実や野菜を生産し、牧畜を始め、さらに、海洋資源、観光資源の開発に努力し、あわせてレジャー、ホテル業を興すならば、パラオ人や群島人特有の貧富の差をなくすこともでき、島民が健康で文化的な生活をいとなむことは、容易に可能であろう。

最近、パラオ政庁では、観光による外貨収入を考え、美しい海に点在する岩山巡りに力を入れて、これを世界に売り出そうとしている。

島巡りの第一に、コロール島湾内のパラオ松島がある。仙台の松島を小型にしたような美しさである。日本三景の一とされる松島は、五山、七浦、八百《やお》八島ことごとくの趣きをそなえ、中でも八百青螺《あおら》の松翠影豊かな景勝はまさに一個の盆栽であるが、コロールのパラオ松島を見るとき、いつも日本の松島を想い出させられたものである。

舟巡りの第二のコースは、コロールからアンガウル、ペリリュー両島に南下する途中、外洋を進むと右側に、内洋を行くと左側に位置するところ、つまり、あのいたましい二つの〝抹殺〟の場所となったウルクタープブル島の南、マカラカル島の北に、二つの島にはさまれてある岩山である。

私はここを通算三〇回は通過しているが、幾度見ても新鮮な印象をおぼえる。たしかに政庁の観光局がここを選んで「ロック・アイランド」と名付けたのは賢策であろう。

島と島の間は、あるところは狭く、またあるところは広く、見る人のために神が遠近のバランスを計って造ったような趣きさえある。だが、それは、すべて自然のままなのである。島間の水面は鏡のように澄みきって、小波一つない。舟べりから海底を覗けば、さほど深くはない海の底に、原色に近い青い海草が息づいている。無心に泳ぐ七色の小魚の群れが海草にたわむれ、海底にはよく見ればさまざまの貝が静寂を求めて舞うように這っており、まるで水槽の中に自分もともにいるような感じがする。岩の島は大小さまざまの岩山である。岩の上部の繁茂する雑木の縁が眼にしみる。岩の下部は荒々しく波に洗われて、上部が人間の頭とすれば、底部は首のように細く刻みとられている。いうなれば仮分数の奇岩である。小波にうがたれた細い部分が、引潮のときは水面より上に出て巨岩を支え、その異常な姿をあらわにして、何万年もかかって造形した波の力、海のもつ魔力を示している。

ロック・アイランドということばからは、岩ばかりの島を想像されるだろうが、奇岩はすべて緑の帽子をかぶっている。この無人島の岩上には、パラオ独特の鉄木が繁り、真白いスマートな姿のヒコーキ鳥がその枝にとまってはまた紺碧の空に舞う。ここでは、目にうつるものすべてが、水面に映えてうつる。とくに岩山の美しさは、まさに連続した天然色の絵であり、水面にだぶって映る島影の見事さと呼応して、見る者のすべての感覚を奪ってしまうほどである。太平洋のどまんなかに、こんな静かな神秘的な名所があろうとは信じがたいことであろう。この島間から一歩出れば、波は荒く逆巻き、ボートは木の葉のように激しく揺られるというのに。

だがしかし、私のようにパラオ戦闘の激しさや非情さを知っている者は、この美観に一時は心を奪われても、思いはすぐに過去に引き戻されてしまう。ここは、抹殺されたM上等兵やS一等兵の遺体、遠藤中佐とその部下たちの遺体、その他多数の日本兵の遺体が流されて幾日も浮き沈みしたことのあるロック・アイランドであり、海底のすべての生物が、無心に泳ぎ群れなす熱帯魚でさえ、抹殺された者の血を吸い、その肉の味を知っていると思うと、戦争の愚かさと恐怖を、この景観の中に改めて見出すのである。

MとSの抹殺も、遠藤中佐の一隊の抹殺も、このロック・アイランドの一部でおこり、東の外洋には敵艦が浮上し、西の内洋には敵の駆潜艇が浮上していたのである。このあたりは、当時は魔性の神の住む場所だったに違いない。この名所を通り抜けると、エメラルドの海である。

私はその美しさについて島民にたずねたことがある。島民のKは、「昔のこと、ここに鯨のように大きなサメがいて、ここを通ってアンガウルやペリリュー島に渡る舟を襲って人間を食べました。パラオの人々が困って、神様に魔のサメを殺してくださいと頼みました。すると神様は、よしよしおまえたちの願いは聞いてあげましょう。だが、私は神だから、人も魚も殺しません。そのかわり、その大ザメがここに来ないようにしてあげましょう、とおっしゃって、深かったこの辺の海底に石を運んで敷き詰めました。そして、大ザメが泳げないように、ここを残してくださったのです。その後、ここが浅くなったので、今度は舟が通れません。神様はそれを心配して、石を敷いて浅くなった所だけ、エメラルドの色をつけたのです……」と語った。

私はなるほどと感じたものの、文字のなかった国の伝説をどこまで信じてよいものやら、現にこの辺にいる小ザメの姿をしばしば見ることのあった私には、合点がいかなかった。

昨年のこと、またしても私は絶景に酔った。なぜだろうか？　その魔力を探るため、舟をエメラルドの中央に止めた。海はさほど深くはなかった。ところが、驚くべきことがわかった。海底は一面に平板の岩で敷きつめられていたのである。いや、海底の岩盤が何万年もかかって波にけずられたのだろう。いずれにしても、自然が造り出した石だたみなのである。青か緑だろうと思っていた私の予想とはまるで違って、汚れた白っぽい石であった。私はまた「なぜ？」を繰り返した。まさか海水の色が緑であるとは思えないからであった。

その時、頭上の空を眺めた。宇宙までつき抜けるほど澄んだ紺碧の空の色がそこにあった。白の石だたみに澄んだ海水が充ちると、それが鏡となってあの空の紺碧を映し出す。光の曲折によって、それがエメラルドの色彩をおりなすのではないだろうか――。

天を仰ぎまた海底をのぞいた。そして、意外なものを見てショックを受けた。その美しさから一挙に引き戻したもの、それはかつて歩兵が腰に下げていた、赤錆びた一本の旧陸軍の短剣であった。

ここは、逆上陸を命じられた飯田大隊の決死隊が、たしか暗夜に大発動艇を座礁させた所ではなかったか。そのとき満潮だった海底の深さの具合からしての推測なのである。

私はボートの運転士のシゲオ・シンゲオにたずねた。

「引潮の時、ここを大発が通過できますか？」

「だめです。このボートでも、引潮の時はここまで来られません。ところどころに岩が出てるでしょう。あれにボートをぶっつけたら、舟底に大きな穴が……」

彼はいくども頭を振り、手まで振りだして、不可能を示した。

私は、あの逆上陸は、潮の関係を充分に調査することに欠けていたのであろうと気づいた。もし引潮に遭遇せず、そして満潮だったなら、逆上陸部隊は米軍に発見されることなく、全員がペリリューの北岸に到達可能だったはずだ、と。

このエメラルドの海上に立って部下を叱咤激励する飯田大隊長の必死の姿、その部下たちの米軍の猛射をくぐり抜けてガドブス島に移動する光景が想像された。不幸にして米軍の銃弾の洗礼を受けた数多くの決死隊の遺体が、このエメラルドの中に漂っては、やがて沈んだのであろう。

この悲惨な現実をおりなした戦争の罪悪を思い、最初にこのエメラルドの海の持つ不思議に感じた直感こそ、あるいは霊感というものではなかったかとも思ったのであった。

この美しい海域のすぐ北東にはマカラカル島がある。当時、照集団はその最後の戦略をマ号演習と名づけた。マ号のマの字は、この島の頭字だったのである。この作戦の核心は、前述した「北上する米軍を攪乱する」ことにあった。

いま振り返ってみると、これは参謀長の単なる思いつき的なアイデアであり、アンガウル、ペリリュー両島の玉砕といったような悲報ばかりを送るなかで考えだされた、大本営へのゼスチャーにすぎなかった。だが、MやS、遠藤中佐などを抹殺したことは、大本営に対してはおくびにも出さなかったことはいうまでもなく、「一将功なりて万骨枯る」の諺《ことわざ》を地でいった行為であることが、いまはよくわかるのである。

話は、遠藤中佐の逆上陸に反対する海軍の逃亡兵たちがウルクターブル島で集団自決して一ヵ月後のことに始まる。

その島のすぐ南のマカラカル島海上遊撃隊第一基地の近くに、いままさに抹殺される側に立たされようとして、決定的瞬間に置かれていた一個小隊の集団があった。だが、神ならざる彼らにその宿命が予想できるはずはなかった。

運命の小隊長は、高垣勘二少尉という。この物語の主人公である。また一個小隊とは、高垣少尉の指揮する部下三八名をいう。

高垣小隊は、ついその前までは、ペリリュー島の東北一〇キロの海上にあるガラゴン島にあった。それが、そのときここマカラカルの眼下にある小さな孤島において、「デンギス水道機雷監視」という任務を帯びていたのである。

ガラゴン島が魚雷監視隊の基地なのに、彼らはなぜマカラカル島に？　と、だれしも思うだろう。そこに問題がある。

そもそも少尉はペリリュー島北地区守備隊に所属していた。昭和十九年九月十五日、米軍はペリリュー島に上陸し猛攻を続けた。それから二ヵ月もたたないうちに、北地区隊は玉砕を目前にした。この時、一兵でも援軍を必要とした本隊が、高垣小隊に本隊合流の命令を発したのは当然のことであった。

高垣小隊は、命令どおり、十一月五日夜、ガラゴンをあとにペリリューに向かった。引潮の時期に、暗夜の海上を一個小隊を率いてペリリュー島まで一〇キロを渡渉することと自体、至難の業であった。加えて、ペリリュー島を取り巻く米軍の艦艇は、飯田大隊の逆上陸に虚を衝かれた経験を生かし、逆上陸防止のための海上警備を厳しくしていた。この状態で難関突破を敢行すれば、高垣小隊には玉砕しかないであろう。

難関突破か玉砕か、軍法遵守《じゅんしゅ》か人命の尊重か、少尉は、二者択一を迫られた。宿敵に一矢《いっし》も報いることなく部下を犬死させるに忍びなかった少尉は、独断で戦況を判断したのである。遠藤中佐の場合は、戦闘中の情況判断による戦場離脱であるが、高垣少尉の場合はそれと異なる。俗にいう抗命である。だが、指揮官には状況によって独断専行は認められるのである。そして、抗命か逃亡か独断専行かを判断するのが集団司令官である。当時の井上中将の判断はどうだったのか？

少尉は部下の危機を救うべく、逆上陸の途中、ガラゴンに転進命令を下した。転進とは退却である。ガラゴン島に戻った少尉がさらにその北方のマカラカル島に転進したのは、ガラゴン島が敵の攻撃下にあったので、いっそうの危機にさらされるからであった。

マカラカル島に戻った小隊員は喜んだが、小隊長の少尉はひとり苦悩した。逃亡小隊と断定される予想が濃厚だったからである。

古武士のように剛健な少尉は、半井《なからい》伍長を連れて小舟に乗った。パラオ本島の井上中将を訪ねて、自分の独断専行であること、罪あるとすれば少尉一人にあって部下になきことを主張すべく、その決意を抱いてロック・アイランドを経由してパラオ島に向かったのである。

だが、その途中、予期せぬことに、一隻の大発動艇に遭遇したのであった。

濃い闇に潮騒が怪しく聞えた。

止まれ！　誰か！

こう誰何《すいか》したのは、師団の参謀の一群であった。「引野隊・高垣勘二少尉」と名乗った瞬間、携帯用電気の照明を浴びて、少尉は船上に直立した。

高垣小隊長とわかると、烈火のごとき彼らの罵声が、いきなり闇を割った。

卑怯者！　抗命だ！　大馬鹿者！　戦場離脱だ！　非国民！　逃亡だ！　……あらゆる罵言が並べられた。少尉は、だが、泰然自若としていた。しょせん、腹一文字にかき切って——この固い決意が、あらゆる罵倒を耳にしても、静かに心を支えていた。

彼らは一方的に権力を叩きつけ、威圧を加え続け、少尉が話そうとする隙を与えなかった。あげく、少尉をぶった斬ろうとさえする始末だった。少尉に同伴した半井伍長は、斬るならば逆に相手を射殺してしまおうと決意していた。少尉の望んでいた〝独断専行〟の申しひらきは、ついに声にならなかった。

少尉は、この海上で、〝敵前逃亡〟の烙印を押されたのである。それはすでに少尉が予想していたことでもあった。〝これでやっと軍法会議で堂々と裁かれる。おそらく銃殺であろう。だが、自分一人が犠牲になれば、部下の三八名の生命が救える。部下たちにまで逃亡者という屈辱や汚名はきせたくない〟この願いが少尉の本心なのであった。

　だが彼らは、改めて裁く日の指示はせず、そのかわり、激憤した声で、「おまえは小隊を率いて敵中に斬り込め！」と命じた。これは罵倒の間に考えた彼らの冷酷な意志なのか、集団長の内命だったのか。……しかもガラゴン島逆上陸とは、無謀きわまりないことであった。

　つまりは遠藤中佐と全く同じ非情な逆上陸斬込命令なのである。いいかえれば、死刑執行を米軍に代行させることであった。そんな魂胆をここに見た少尉は、断腸の思いであったろう。

　智に富み、加えて勇気ある少尉は、上層部の抱く抹殺の意図を確かに見抜いた。そのとき少尉の脳裏に去来したのは、飯田大隊の逆上陸と遠藤中佐一行の逆上陸の悲惨さであった。

　マカラカル島に帰島した少尉は、部下の一人に「俺はたいへんな誤解をされた……」と言葉少なに洩らしたという。だが、少尉は、敵中斬り込みの作戦に没頭執心した。

　島嶼作戦を主眼として太平洋上の孤島にくまなく陸軍を置いた軍部の失敗は、アッツ島以来の玉砕をもたらした。マキン、タラワ、サイパン、テニヤン、グアム、ペリリュー、アンガウル等々において、米軍に思うままに攻撃され、悲惨な情況をもたらした。海軍部隊の、特に戦艦と、航空機の援護と協力なくては、戦うことそのものに無理があった。

これという戦果も挙げずに玉砕した孤島の陸軍は、あまりにもあわれだった。それをさせた大本営へのうらみつらみは大きかったろう。賢明な少尉が、自らに課せられた逃亡罪という運命を思うとともに、この軍のあり方に気づかぬわけはないはずである。

いずれにしても、逆上陸に成功することは、生きて還ることであり、生きて還らねば、少尉が抱いた上層部や軍に対する反撥さえ無意味となる。飯田大隊や遠藤中佐の一団、MやSの二の舞を踏んではならない——少尉は固い決意を抱いたことであろう。

少尉がガラゴン島に斬り込んだのは、十九年十一月八日である。その前日、マカラカル島の椰子林に小隊全員を集合させた少尉は、部下三八名の中から、支那事変に参戦した歴戦の勇士八名を選出した。絶対に逆上陸を成功させる第一の条件は、勇気あり経験ある者を合理的に指揮することにあった。第二の条件は、作戦の準備である。

ガラゴンはかつて高垣小隊の守備した島である。いまは米軍が占領し蟻の入る隙もないかにみえたが、荒天に乗じ、しかも夜中に虚を衝いて奇襲することこそ、少尉の立てた作戦なのであった。幸いに敵地を眼下に見下ろせる場所で、選出した八名の部下に攻撃の個所、逆上陸の地点を示すことができた。少尉の心中には、〝成せば成る〟の固い信念がうずいていた。その日の夜半、斬り込みを敢行した少尉は、部下とともに米軍の陣地や軍事施設をことごとく爆破した。その後、二回にわたり敵と戦闘し、善戦すること三日間、結果、下士官三名、兵一名が戦死し、藤原義夫伍長、半井信一伍長の二名が負傷した。だが、米軍の多数を殺傷し、遁走させる大勝利を収めて、マカラカル島に帰還したのである。

十一月十三日、陛下から高垣少尉以下九名に対し御嘉賞を賜わった。数日前、逃亡小隊として罵倒された彼らが、一躍パラオの英雄となった。二階級特進、個人感状の勇士高垣少尉は、その直後、マカラカル島において再び「北上する米軍の攪乱」に対する決死隊に海上遊撃隊として参加することになっていた。

だがその間、少尉は、自ら考案試作した爆雷による事故のため、忽然として非業の死をとげ、碧海の岸辺に帰らぬ人となったのである。

少尉の遺族には、最初、二階級特進の報せがあり、その後、戦死の公報が届いた。

やがて遺品が届き、白木の箱が届いた。遺族は公報を信じ、白木の箱を息子と信じて、葬式を済ませた。だが、五年過ぎ一〇年経っても、二階級特進が実現しなかった。遺族の中でも、とりわけ老母の不審はつのり、深く悩んだ。

私は老母からその不審と悩みをきかされ、調査を依頼された。だが、どう回答すればよいのか？　何も知らない遺族に対して、調査したすべてを報告することは、寝ていた子を起すことになる、すべてを知らせて遺族や老母を悲しませてはいけないという気持と、いや、真実はすべて知らせるべきである、真実を知って怒る肉親はいないという気持にひきさかれ、こんどは私が悩む番だった。

かつて私の母は、〝あの子は比島でほんとうに死んだのだろうか、いや生きているかもしれぬ〟と、死ぬ日まで悩んでいた。その母は、この疑問に終止符をうつこともできぬまま、悲しい戦後を生き続け、他界してしまった。

昭和五十年の春も終わりを告げようとするある日、私は、母のその長い苦悩を思い出し、ついに老母ヨシノさんを訪ねることにした。藤野さんがかつて、浅草のMの生家を訪ねようとして、苦悩し自問した日のあったことをも想い浮かべながら——。

# 墓石の勲記

宇都宮駅から烏山駅終点にいたる途中、仁井田という小さな駅がある。ここで下車した私は、車を駆って、ひなびた田舎《いなか》の舗装道路を北に向って四キロほど走った。ここに高垣少尉の故郷がある。私はしばらくぶりで会う老婆の健康を気づかいながら、高垣家の手前で車を下りた。

少尉の生誕地は、栃木県氏家町八方口である。県北のこのあたりは、著名な米の生産地である。見渡すかぎり肥沃な広野に、稲の早苗が青いじゅうたんを敷きつめたように続いていた。ただ見事としかいいようのないグリーンのベイルに覆われた大地は、五月の薫風に大きくゆれ動いて、田園の素朴な美しさをかもし出していた。

この美しい静かな里を抱き囲むようにして山がある。いくつもの山は、折り重なって、巨大な不動の波濤のごとく聳え立っていた。

北の峰には会津福島を隔てて那須岳の連山がたちはだかり、西北には日光の連峰が、男体山を頂上にして南北に延びている。この二つの高峰の中央、里に近く寄ったところに高原山が聳え、紺碧の空を突く三山は、静かに、美しい里を見下ろしている。この大自然の雄大な眺望は、まさに一幅の絵であった。

すばらしいこの絵には、いくつもの心がある。この郷土に生まれ育った人たちに語りかける日本の心情は、その人生に深く大きく影響を及ぼす心にほかならない。

郷土の自然の美しさ——。ここに代々語りつがれる純朴な人情と気風、歴史と風物、このすぐれた環境が、古くは関東武士を育てあげ、爾来、野州健児を生むにいたった。

上代の頃、九州の要地を守った防人にすでに野州男児が多く、以来彼らは、西南の役、日清・日露の役はもちろん、多くの国難に敢然と参じて善戦を続けてきた。近くは、鬼よりこわいとたたえられた関東軍の精鋭、十四師団の中核であった郷土部隊の人たちに加え、第二次大戦には広大な各戦域に転じて強靭な闘魂を遺憾なく発揮した県人たちも、すべてこの地方を含めた野州の里に生まれ育ったのである。そしていま、質実剛健、勇猛果敢、まれに見る健児、高垣勘二少尉を創りあげた野州という郷土（私の郷土でもある）の北辺を、ここに見たのである。

高垣家の在所は、旧地名を狭間《はざま》田ともいった。部落の台地が南北に走っているその狭間に広い耕地を所有していたという高垣少尉の屋敷は、小高い山の麓に位置していた。山麓というより台地の裾に家がある、といったほうが適切かもしれない。

なだらかな台地の裾のゆるやかな傾斜を巧みに利用して自然の庭園に拵えて、湧き出る清水をそのまま池に注ぎ込んでいる。

この美しい風情を座敷から眺められる母家《おもや》は、昔造りの豪勢な構えで、いかにもこの地方では名だたる豪農であり大地主であったろうことを偲ばせていた。また豪快な斬込隊長だった高垣少尉がこの家に生まれ育ったということのふさわしさをも感じとることができた。

私が高垣家をはじめて訪問したのは、三年前の冬のことであった。その日のことは、いまもって忘れられない。

その頃、私は高垣少尉の戦歴調査に執念を燃やしていたが、謎のような足跡を追及することは至難であった。絶望しつつあった時、偶然私を訪れた四人の人たちがあった。かつての高垣少尉に従って、ガラゴン島に斬り込んだ勇敢な部下たち半井信一、林勇、井上三郎、藤川義夫の四名であった。

私はこの人たちが秘め続けていた証言によって、斬り込みの全貌と、高垣少尉の異常な最期を知らされたのである。

その日、四人の希望は、せっかく上京したのだから、高垣少尉の母堂ヨシノさんを東京によんで、お目にかかりたいということであったが、ヨシノさんは発熱のため上京できなくなった。それで高垣少尉の霊が四人を少尉の墓によびよせたとしか思えなかったのだが、それにこたえるかのように、四人は高垣少尉の墓参をおもいたったのである。

あの日は、白雪をかぶるいくつもの連山から、無情に吹き下ろす寒風が、戦傷者であるわれわれの古傷をうずかせていた。

私が同伴した四人は、高垣小隊長の墓参を主にし、ご両親には挨拶だけしてすぐ帰ることを予定した。だが墓参だけ済ませて帰られるかどうか、心中大きな不安と焦躁が交錯していた。

上野駅を出て烏山線仁井田駅に着くまでの車中、少尉の部下たちの意見は食い違っていた。「遺族に会うのはさけようではないか。墓参したらその足で帰ろう」「いや、ご両親にだけは会わねばいけない」「お会いすれば、小隊長殿のことを全部話すことになるではないか。会うことは反対だ」「こんどまた、いつ訪ねられるかわからない

——両親が生きているうちでないと……」いくつもの意見が続発し対立したのである。それをまとめなければならぬ私は苦しかった。

高垣少尉の部下たちとしては、一日も早く少尉の戦死の真相を遺族に告げねばならぬと焦るのは当然のことであった。だが告げたくとも告げられぬ条件が重なって、告げようと願う多くの部下たちを、苦しめ続けていたのである。

事件の核心については、最小限度は話さなければなるまい。ところが、この核心こそ、真相なのである。その真相だけは、どうしても告げられない。では虚偽の話を告げるべきか。黙って済むことではない。少尉の両親から真相を質問された時、どう答えるべきか。四人共通の不安と焦躁がつきまとって離れなかった。彼らは、このことを三〇年に及ばんとする永きにわたって悩み続けてきたのである。車中で意見が対立し紛糾したのも当然のことであった。

戦時中、大本営は高垣少尉の二階級特進を発表した。その後遺族へは戦死の公報が届き、さらに戦後は公刊戦史に少尉の戦死が載せられ、個人感状の授与された事実も報じられている。

私も、少尉の二階級特進をめぐる謎をとくために、できるかぎり手をつくした。井上中将に直接たずねようとしたときには、もう二〇年も前に黄泉《よみ》の人となっていた。

次に鍵をにぎっている多田参謀長も、すでに他界していた。そこで仲河参謀に電話でたずねた。参謀は声をつまらせて、「あの件については、言うに言われぬ事情がありまして……。大本営にも上申はしたのですが、結局は却下されてしまったのです」という。「なぜ、だれが……」と重ねて執拗にたずねたが、参謀は躊躇するばかりで、答えは返らなかった。

ところが、少尉が最も信頼したこの四人の、とりわけたしかに目撃した林氏の語る少尉の死の真相は、悲惨な事故死であるという。

国が終始一貫して戦死と公報しているものを、四人の証言によって取り消すことができるであろうか。たとえそれができなくても、この真相は、少尉の生みの親だけには知らせねばなるまい。だが、その真相を告げられた両親は、承服するであろうか。いや驚き悲しむであろう。事実、両親は少尉の戦死を信じきっておられるからこそ、いまだ実現せずにいる倅の二階級特進の件を調査することに、執念を燃やし続けているのである。

それを思うと、両親と対面して、うかつなことはいえない。もし口をすべらせてしまったら、たいへんなことになってしまう。

真実は何ものより強い。それを隠し続けるほど、懊悩は大きくふくれあがる。泉下の少尉も、ますます浮かばれないであろう。何もかも話してしまえば、四人の胸につかえている溜飲のすべてが、一挙に下がってしまう。早く心を軽くせねばと願うのは、人間本来の心の動きである。四人はいちように早くこのわずらわしさからぬけだしたいと願っていた。

それればかりではない。四人にはほかにも影のようにつきまとっている悩みがあった。彼らだけではなく、高垣小隊の生還者全員にかかわることでもあった。

戦後は遠くなったというのに、ましてや軍隊組織の消滅した現在において、なお「高垣小隊に所属していたのか」「ああ、あの小隊員か」という声がある。これは、「逃亡小隊の者か」「あの問題の小隊か」という批判の声にほかならない。陸軍は解体したはずである。それなのに、いまもって白い眼で見られる。この現実は耐えがたいことであろう。かつて、半井伍長は私に「仲河参謀の住所を知りたい。地図を教えてください。どうしても参謀を叩き殺さねば」と言ったことがある。当時の上級指揮官たちに対するうらみつらみを、このような形で表現した彼の心情を、私はよく理解できるのである。

生死を共にした斬込戦で、的確な指揮をしてくれた高垣少尉こそ、われわれの生命の恩人であると信じるこの部下たちが、いまもって高垣小隊長にかかわる真相を知りたいと願う両親に、その真相を報告できない。そのような発端を、原因を与えた者に対して、遺恨を抱き怨念をもやし続けた戦後三〇年の歳月は、鉛の熱湯を呑まされたように、苦しく暗く重いものであったにちがいない。

私は彼らの心中の痛ましさを想い、仲介役の重さを感じつつ、遠来の四人の客を伴って、高垣家の角を曲がったのであった。

少尉の生家に近づくと、戸口に腰の曲がった老婆が立っているのが見えた。私たち一行を見ると、待ちわびた様子の老婆は、遠い間合を承知で、頭を何度もさげて迎えてくれた。私のそばにいた半井さんの「だいぶご老体ですね」という囁《ささや》きが、いやに淋しく聞こえた。

老婆が少尉の母堂であることは、一見してわかった。以前送られてきた高垣少尉の写真の、どこか古武士をおもわせる面影を、この老婆に感じたからである。四人の部下たちにしても、老婆の面ざしから、かつての少尉との血のつながりを感じとったことはいうまでもない。

高垣ヨシノさんは八十路《やそじ》を越していた。だが、その年齢にも、また白髪をたたえた風貌にも似ず、どこかキビキビした動作とはっきりした受け答えには、この地方の旧家にそだった教育がうかがわれ、やさしい眼差《まなざし》の奥に、少尉の母にふさわしい聡明さがひらめくのであった。この母あってこそ、二階級特進という大戦果を揚げた、あのガラゴン斬り込みの実績も――。血のつながりのもつたしかさを、私はそこに見出した。

「高垣勘二小隊長のお母さんですね……」

「ハイ……左様です……」

答えながら、手にした手拭いで、もう眼頭を押さえていた。

「よくぞ、こんな遠くまでお訪ねくださいました。倅の勘二がどんなにか喜んでいるでしょう」

と、涙を押さえて喜びを告げられた。

私も、四人の部下たちも、胸の奥に何かがつかえたまま、老婆を慰める言葉が出てこなかった。

「勘二が生きていれば、あなたがたのように立派になっていたことで……」

老婆は、はや息子への思慕の情にかられていたようであった。

「勘二が帰ってきたようにおもえてなりません。あれが戦死してから、ハァ、三〇年にもなろうというに……よく息子のことを忘れず訪ねてくださいました。ほんとうに奇特なことです……息子の戦友さんが訪ねてくださるのは、はじめてなのです……」

私は、老婆にこのように喜ばれるとは予想もしていなかっただけに、親とはこのようにいつまでも子を想い続けるものかと、いま五〇歳を越えた自分の年を忘れて、親の愛情の深さに胸を刺された。

四人が東京で老婆と面会しようとした際、発熱した由の電報を受け取っていただけに、律義に挨拶するヨシノさんの元気そうな姿を見て、私の心配は吹き飛び、心が晴れた。

「さあ、さあ、どうぞ、お寒いですから……」

ヨシノさんは、さっそく、われわれを奥座敷に案内しようとしていた。四人はかたくなって、私の後に続いて玄関に入った。

昔風の広い玄関をあがると、次の間に仏壇があった。私はまず何を措いても、少尉に報告をしなければならなかった。私は静かに少尉の位牌の前に進んだ。後に四人が息を殺してつづくのが感じられた。

陸軍中尉高垣勘二之霊

命日　昭和二十年三月十日

と、二行に書かれた位牌が置かれていた。

老婆は、

「この位牌を見て、村の人々は〝中尉でなくて大尉ですよ。間違っていますよ〟と、誰もがそう言うのですよ。当時の新聞には、二階級特進と報道されました。村の人はそれを読んで知っているから、そう言うのです……。私たちも当然大尉であると思い、それで、県内の関係役所はもちろん、何回も厚生省や勘二のことを報道してくれた新聞社に行きました。そして詳しくわけをお話しするのですが、どこでも〝わかりません〟という返事しかもらえませんで……。困ってしまって船坂さんに調べていただくようにお願いしたわけです……」

私は老婆の話の終わるのを待って、瞑目合掌した。

「高垣少尉！」

と、私は心より名を呼んだ。

少尉がかすかに微笑を浮かべているように、私には感じられた。

「高垣少尉！　ご報告申し上げます。あなたのお導きにより、昨日あなたの部下であった、ここに共に参っている四氏にお逢いできました。おかげさまで、ガラゴン島斬り込みの一部始終と、その間の真相を知ることができました。有難うございました。あなたの勇気ある指揮と、ご立派な活躍には、いまさらのように敬服しました。爆薬にまつわる話と、その研究中惜しくも爆死なされたとの意外な話を聞きました時は、驚きのあまり一時は耳を疑ったほどです。しかしあなたは、最後の最後まで国を想い部下を思いやって、ご自分を顧みることがなかった。軍人として徹底した殉国の執念と行動を持続されました事に、私は感激し泣かされました。

ご母堂が私に依頼されました調査は、昨夜で終止符を打つことが出来たわけです。今日あなたをはじめご両親に、真相をご報告すべきなのですが……しかし、少尉！いまはあなたにだけ、ご報告いたします。

ご両親には、他日、ふさわしい手段でご報告すべきだと私は考えます。少尉、そのために、もうしばらく時を私に与えてください。私は昨日、四人の部下の人たちから聞きました事の詳細をただちに原稿に書き加えたいと思っています。私はあなたの戦歴調査をお母さんに依頼され、いまその報告を執筆中なのです。多少の月日は要しましょうが、どうか時間を与えてください。

真相を知りました今、もしこの真相をご両親が知られたら、どれほど驚かれかつ嘆かれることかと、心が痛みます。しかし、ご両親なればこそ、偽らざるご子息の最期を知ってもらいたいと私は願っています。

戦場にはさまざまな将校がいました。凄惨さに耐えられずに発狂した者、傷に耐えられず部下を放棄したまま自決した者、もっとひどいのになると敵の軍門に降ったもの等、極限の中で人間のもろさを露呈したものです。彼らは戦後、名誉の戦死者として扱われました。

それに比して、少尉、あなたは実に立派だった。米軍の戦記にすら歴然と記録される戦果をもたらしたのみならず、克己して勝利のための研究に没頭された。その精神の不屈さは、永遠に輝き語りつがれるべきだと私は考えます。ガラゴン斬り込みの九勇士にはもちろん、小隊員全員に、それにふさわしい恩典を国家から授与されるよう、私はこれから国の指導者たちに訴えていきたいと思っています。

広大な戦域における混迷した敗戦への最中、どれほどの兵隊あるいは分隊、小隊が、高垣小隊と同じような日陰の運命にせめさいなまれたか、私のよく知るところではありませんが、時あたかも近くは横井伍長がグアム島より奇蹟の生還をしたために、世界はわき、にわかに〝敵前逃亡〟がクローズアップされ、世論が喚起されたことを、私はけっして無意味であるとは思わないのです。敵前逃亡の汚名に苦しむ五、六万人の該当者が現在でもいる由、私はもう黙っておられません。

私の英霊顕彰の仕事として、〝英霊にこたえる会〟の国民運動の推進とともに、この故なき罪の汚名に泣く人々の救済に、努力を惜しまないつもりです。あなたの死は、私にこのような契機を与える原動力となったのです。いわばあなたの死は、多くの関係者を救いなさいと、私に命ずるために、神仏が与えられた戦死とも言えましょう。どうぞ、この私に今後もお力添えください！　私の悲願をかなえてください！」

かたく合掌した手は、我にもあらず小刻みにふるえていた。まぶたの奥深く、私は高垣少尉が大きく深くうなずくのを見た。仏壇の前を静かに退座する私の両頬に、熱い大粒の涙がしたたっていた。私のあとに続く四人も、私におとらず、長い長い合掌を仏前にささげていた。

長い合掌を解いたあと、ヨシノさんが懸命にすすめる言葉をよそに、四人は容易に奥座敷の炬燵《こたつ》に向かおうとはしなかった。炬燵の一角には、少尉の父与一さんが、威儀をただしてわれわれを待ちかまえていた。その姿が眼に入ったからだろうか、四人の姿は、見るにたえがたい有様を、あらわに示した。火気のない仏間に、かたく膝をそろえて坐り、肩をちぢこまらせるようにして、うつ向いたきり動こうとはしなかった。私は、生還した者の苦しい立場をまざまざとみた。かつての私がそうであったように……。

私は、終戦の翌年に復員することができた。私は何をおいてもまず、玉砕したわが分隊員の遺族をすべて訪ね歩くことにした。戦死した部下たちの真相を報告する義務を果たさねば、とかたく心に決めていたのであった。

　当時は、自転車が唯一の足であった。まだ癒えない重傷の身で、山や野の砂利道を苦労してはるばる訪ね当てた遺族との対面の結果は、あまりにも非情であった。もっとも、これがいつわらざる肉親の情であり、特に農村の人たちの純朴な気持の表現なのかもしれない。全部の遺族がそうであったとは断定しないが、しかし遺族たちの率直な心情として共通であったはずだ。

「分隊長のおまえさんが生きて帰ったというのに、どうして私の息子だけが戻らないのか。そんな馬鹿な話がありますか……。おまえさんの分隊は、みな同じ戦場で戦争したのでしょう。おまえさんはどうして死なずに帰ったのか？」

　と、わが子の戦死より、生還した私の話を聞かせてくれというのである。戦後の混乱期であった。夫を父を兄弟を失ってしまったという遺族の痛手は、あまりにもひどかった。

「せめてお焼香だけでもさせてください。遠いところをやっと訪ねてまいりましたのですから……」

　と哀願すると、涙をかくした遺族は、仏壇から位牌を持ってきて、縁側に置く。さあ、どうぞお勝手に、といわんばかりなのだ。お線香も持ってきてくれなかった。かなしかった。

「大谷兵長、お前は長男だったね。なぜ死んだのだ。お前が死んで、親たちはこんなに困っているのだ。俺が代わって死んであげたかった……」

と亡き戦友に叫んだこともある。私にはこうするよりほかに何のすべもなかったのだ。

遺族の戦争をにくみのろう心情、最愛の肉親を失ってしまった怒り、うっぷんのやり場に困ってしまっている気持をまざまざとみせられて、戦争の恐ろしさをあらためて痛いほど味わった。

「死んだら頼む……」と言い残した戦友の言葉を一途《いちず》に伝えようとした私の訪問が、行く先々で冷たく迎えられた過ぎし日を、四人の「自分たちだけが、こうして生きて帰って申しわけない」と言いたげな態度を見て、思い出していた。重傷の身と心にするどくこたえたあのときの悲しさとくやしさは、今なお忘れようとて忘れられない。

「ご両親に合わせる顔がありません」と言うように、深く頭《こうべ》をたれている四人に向かって、

「さあ、さあ、みなさん、せっかくご用意くださったのですから……、遠慮は失礼になりますよ」

と声を掛けながら、私は与一さんのそばに近づいた。

「突然参上しまして申しわけありません。今日は、勘二さんの部下であった四人の方をお連れしました。お宅にお寄りしないで、直接墓参して帰るつもりでしたが、どうしてもご両親にご挨拶申し上げてからと、こうして大勢でおじゃまいたしました……」

与一さんは、炬燵の前に座りなおして、威儀を正した。

「みなさまに、初対面でありますので、ご挨拶申し上げます。ごらんのごとく歯もないので、不明瞭な点があると思います。私、勘二の父でございます。みなさま方には、遠方から遺族を訪問くださいまして、なんとお礼のしようもございません。ここに遺族を代表して、つつしんでお礼を申し上げます。

勘二も、よろこんでいることと思っております……」

そこで与一さんは絶句し、涙にくれた。

県立宇都宮農学校を卒業、一年志願兵として少尉に任官、その後抜群の成績で中尉に昇進し、その後も長い間在郷軍人分会長をつとめた与一さんのかつての活躍ぶりがしのばれる、矍鑠《かくしゃく》とした挨拶ぶりであった。だがそれも、最後には万感胸にせまった様子で、

「三〇年にもなろうというのに、よく忘れないでお訪ねくださいました……」と、ヨ

シノさんともども涙にむせんでいた。

われわれ五人も耐えられなかった。ご両親と同じように、あふれる涙のやり場に窮して、大の男が五人してかもし出す光景を、仏壇の少尉は、どのような想いで見おろしていただろうか。

しかし、この涙は悲しみの涙ではなかった。われわれは、たとえようのない感激につつまれていた。

「申しわけありません。毎年でも伺いたいのですが、なかなかこられませんで……。今日参りましたのは、勘二さんの部下だったみなさんです。……みなさんは東京に用事があって来られましたので……」といわざるをえなかった。実際は高垣少尉の斬り込みと死の真相を告げるための上京だったのだが。

ご両親にすすめられるまま、私は炬燵に入り足をおとしたが、相変わらず四人は動こうとはしなかった。

ヨシノさんは、

「どうぞ、お召し上がりくださいませ」

と、さかんにわれわれに気づかった。

「これは家で作ったお茶でして……勘二もよく飲んだお茶です。旅でおつかれでございましょう。どうぞ、梅干をおつまみくださいませ……」

会話は主に、私とヨシノさんの間でかわされていった。ヨシノさんは純朴な栃木弁を使う。

「私の娘が陸軍大尉のところに嫁に行っておりましてね。戦争中、勘二に関することは一つ葉も残さず、家に送りつけてくれましたので、ようわかっておったのですが……それをみーんな、こうたばにしましてね、戸棚にしまっておいたのですが……戦後、バッチ（末ッ子）がこの家を継ぎまして、改造しました時に、嫁が外から来たもんでわからなくって、ほかのもと一緒にどうかしたらしいんですよ。『アレ、あそこにあったの知らねえか』と聞きましたけど、わからなくって……ほんとうにみーんなそろっておったんですが……。

村に考古学者がいましてね、そこに全部新聞があったんですが、水をかぶりましてね。考古学者が言うには、高垣、その気があるのなら、モンペはいて手下を連れて探しにこいとね。ハイ、新聞は探しにいく手はずになっています……」

二階級特進についてその後何か情報はなかったかと私がたずねたのに対して、ヨシノさんはいかにも勝気な老婆らしい言いわけを申し立てするのだった。

「私たちは小隊長のおかげをもちまして……」

「小隊長殿には、いつも感謝しております」

四人は、もてなしに対し、かつてパラオの戦場で使った軍隊口調でこたえていた。

高垣少尉に対する軍人としての口調に戻ってしまっているのを感じた。ハッ、ハッと恐れ入った様子で答える彼らの姿を見たヨシノさんは、

「勘二も生きとったら、こんなになるんでしょうか……二十五で死んだんですよ……私にとっちゃまだ子供のつもりなんですが……」

と、小さく明るく笑った。なにしろ支那事変以来の勇士たちは、すでに五十なかばを過ぎていた。

「正々堂々と、でっかい石を踏んまえて、大勢の村人たちに挨拶する勘二の入学前の声が、私の耳底に、いまでも響くのです……」

元気で出征したわが子の面影のみを抱き続ける、母のヨシノさんにとって、実感が湧かないのは無理もない。

「海軍に出た息子が死んだ時は、それはそれは鄭重に扱ってくれましたね。もう出迎えやら見送りやら、お風呂にまで入れてもらって、軍国の母だといって下にも置かなかった。盛大に海軍葬してもらって……帰って父さんに『子供の一人や二人、お国に捧げてもちっとも惜しくないよ』って言ったもんでしたけど……。勘二の時は、時期

が悪かったのでしょうか、遺骨をこそこそと貰って帰りました。あの時、勘二は、犬死だナって覚悟しました。

　勘二の遺品？　ええ、帰りました。袖がもぎれて無い上衣でしたが……。ここんところがボロボロになって……」

　と右胸部を指差す。

「上衣だけでしたか」

　半井さんが、うなるように聞きかえした。さすがに口を閉ざしていることができなかったに相違ない。

「ここんところが」

と、ヨシノさんが両手をやった胸から衿《えり》にいたる死致《きず》の説明をした時、四人の眼が異様に変わった。それは違います、と四人がいっせいに発言しそうなまなざしをみせた。

　私は、何かある、と思った。胸から衿、のところではないのだな……。

　私は思わず声に出して、「みなさんほんとうはどこなのですか？」と言おうとした。だがそれを言ってしまうと、真相にふれる糸口を私が開くことになる……。私はぐっと息を呑み込んで、「高垣小隊長は、胸から衿にかけて、敵弾をまともに受けて、壮烈な戦死をされたのですね。そうですね、みなさん」と話の結論を出した。

するとと四人の部下は、「ハイそうです」というかわりにいっせいに下をむいて嗚咽《おえつ》をはじめ、それまで固くにぎっていたこぶしをあげて、涙をぬぐっていた。泣きじゃくる声がしだいに大きくなるにつれて、四人の額は、だんだんひくくたれていった。

与一さんもヨシノさんも、それにつれて、同じように頭をたれた。

四人は何もいえなかった。両親も、これ以上何を聞こうとも、答えそうになかった。

私も泣いた。七人の嗚咽が交錯したまま、数分が過ぎた。私は、この辺が適当だと思い、

「ご両親様、高垣小隊長殿のことは私が何もかも書いて、あとでご報告いたします。しばらくお待ちいただきたいのです」

と言った。

この声に、与一さんとヨシノさんが頭をあげて、涙を押さえた手拭で顔をかくしたまま、大きくうなずいた。

私は、「さあ、みなさん、予定の時間です、そろそろ……」といいかけた。

「皆さん、せっかく見えたのですから、お墓に参りましょうか……」

与一さんの声に、一同は少なからずホッとした。いや、四人のつらい気持を思いや

っていたこの私が、四人とは別の意味でホッとしたのかもしれなかった。彼らが戦後の長い月日を、いかに重い荷を背負い続け、それに耐えてきたかは、前日私に語られた事実を知れば、充分に推察できた。彼らの心中は、反省と責任感の苛責で、鉛のように重かったにちがいない。ただ「遠いところをよく……」と涙して喜んでくれたご両親の心だけが、唯一の救いであったはずだ。

われわれは墓地に向かった。眼の悪い与一さんが、弓なりの腰をのばしのばし、「ここからフジ山が見ィるので……この辺で勘二はよく遊びました」などと、立ちどまっては少年の日の勘二少尉のことを教えながら、小高い丘の麓にある高垣家の墓地へ私たちを案内してくれた。私が四人を誘って訪ねたことに対するご両親の喜びは、意外なほど大きかった。こんなに喜んでもらえるのなら、もっと早く四人を探してでも来てあげればよかった――と後悔した。

高垣家代々にわたるいくつもの墓石が立ち並ぶ中に、見上げるような黒大理石の墓碑があり、激しい北風がそれに吹きつけていた。

墓碑の正面には、『陸軍中尉高垣勘二之墓』と、深くきざみ込まれていた。そしてその右面いっぱいに、〝二十年三月十日〟における高垣少尉の斬込戦記がきざまれていた。

だが、半井さんは、与一さんとヨシノさんに気づかいながら、私の耳もとに近づいてひそかに告げたのであった。

「船坂さん、この墓石の勲記には間違いがあります。小隊長殿は、三月九日に事故死したのですから、あの斬り込みに、小隊長殿が参加できるはずがありませんよ。昨日、東京で、目撃した林伍長が申し上げたとおりです……」

半井さんのいうとおりであった。責任は軍にあったのだ。両親が公報を信じて愛する倅のためにせっかく刻み込んだ墓石の勲記は、真相とはうらはらの虚構の記録であるのだ。

それを、ヨシノさんも、与一さんも、全く知らないのである。

四人の部下は、これを見せられて、心の中でひとしく泣いた。

晩冬の陽《ひ》は、はや下野の裾に傾きかけていた。那須連山の白雪の冷たさを運ぶ北風は、無遠慮に凍土をまき上げて走った。

黒大理石の墓石の前に、与一さんはじめわれわれ五名は、いつまでもたたずんでいた。

名残りの夕焼が寒空をかすかにいろどる頃、五人は後髪を引かれる想いで、二人にお別れを告げた。いつまでも手を振り続けながら見送る老いた両親の姿は、かつて高垣少尉を見送られた日を偲んでいるもののように思え、たびたび振り返って見るに忍びなかった。

帰路は、墓地でたしかに見た墓石の勲記が重苦しくのしかかってきて、足どりも重かった。

列車はなかなか到着しなかった。ホームで私は四人に向かい、あらためて少尉に誓った言葉をのべたのであった。わずか一両日のつきあいにかかわらず、心より私を信頼してくれた四人は、

「よい物を書いて、一日も早く小隊長が安心しますように。お二人のご老人の遺族が納得する本を書いてください。お頼みします。われわれもできる限りの協力を惜しみません」と、励ましてくれたのであった。

私は、三年前のその時のことを思い出しながら、本として公けにする決心をようやくにして固め、高垣家の門をたたいた。

両親を追い込むようにして座敷に座るや、私は、慌しく、しかし率直に来意を告げた。

「ほんとうに、本になるんですか。調べてくださっただけで有難く思っていますのに、

そのうえ本にしていただけるなんて、夢のようなお話です」

私は、ほっと胸をなでおろした。

「わずかな遺族年金で細々と暮らしていますので、とても出費は……」

喜びの面差しは、次の瞬間、不安にいろどられた。

「心配ご無用です。書くのは私で、出すのは出版社なのですから」

両親は、「それなら願ってもない有難いこと」と顔をほころばせ、やがて眼頭を押さえた。

私は、急ぎ高垣家を辞した。東京への車中、私の心は、もはや書くことに向かって走っていた。

「比島で死んだあの子が不憫だ」――これは、私の母の口癖であり、ついに遺言ともなった言葉であった。〝名誉の戦死〟と人は言い、〝犬死〟と遺族は叫ぶ。高垣少尉の母の気持、いや、全ての日本の母の気持は、同一であるに違いない。これを私は代弁しなければならぬ。国民の多数が、平和と自由と繁栄の中で、英霊への謝意を忘れ、切迫した現実から目をそらし、国を守る意識を喪いつつある。今日の全てが英霊の死であがなわれたものなのに……。私は、この裂け目にしかと目を据えて書かねばならぬ。思いを新たにした私は、車のゆれに身を委ね、目をとじた。

第一回訪問の後、日をおかずして、遠方の四人は、あの日語るだけでは充分でなかった、往時の斬り込みにまつわる資料を、それぞれ送付して来てくれた。一人ひとりの記憶は断片的であっても、総合すると、往時が生き生きとしてよみがえり、いや応なしに筆は進んで行った。筆を起こした日は、十四師団が北満に駐屯した寒い冬を想い起させるような夜であった。

なんといっても、永年の間秘匿され続けてきた記録であったので、常にヨシノさんへの心からなる報告書である点に心をとどめ、さらに事の経過をありのままに、特に登場する人物の心情を正しく綴ることに留意してきた。勤めのある私にとって、執筆の時間は夜間だけに限られている。深更になると、私は当時の兵士であった青年にかえった。荒涼たる北満の平野で、初年兵として猛訓練をうけていた日、広野の鉄路をくる日もくる日もゆられながら、いずこへとも知らず南下した日、一転してパラオの青い海と空の下の炎暑、ふき出す汗も塩となった苦しい陣地構築、そして耳をつんざく爆撃の炸裂音……高垣少尉の行動に従って、私の青春はよみがえり、記録の筆は進んだ。

ノートを創りはじめてから一一年が過ぎた。脱稿したその日は、くしくも終戦記念日であった。パラオの酷暑をおもわせるカッと激しい日射しの下に、私はしばしの黙禱を捧げたのである。

資料の蒐集や原稿執筆に忙しかった頃、私は四人の勇士たちからある条件を課せられていた。それは、斬り込みの原稿が出来しだい見せてほしい、という依頼である。真実の記述を、どれほど彼らが気にしているか、私には痛いほど理解できた。まとめ上げた原稿はさっそく郵送され、藤川、林、半井、井上さんの順序で回覧された。

原稿の内容は、四人が提供してくれた、高垣小隊の敵前逃亡の真相を主体とし、斬り込みの真相から高垣少尉の戦死にいたる、世にも珍らしい一連の物語として、それに老婆の要望である高垣少尉の二階級特進に関する経過を含めた遺族への報告なのである。つまり、――

昭和四十年のこと、見知らぬ老婆から一枚の葉書が私の手許に届けられた。

手紙の要点は〝私の息子は確かに二階級特進と発表されたが、どうしたことか、進級していません。戦後二十年の永い間、私は精根がつきてしまうまで調査を続けましたが、もう絶望してしまいました。私は息子のことが気になって、悲しくて泣いて暮しています。どうぞ、私に代って息子のことを調査してください〟という悲願の訴えであった。

私は気の毒な老婆に同情し、パラオ島における高垣少尉の足跡の調査に執念をもやした。だが、経過は謎めいていて容易には情報がつかめなかったが、私は調査した事実の記録をはじめた。

それから三年経た夏のこと、私は現地調査の必要性を感じて、パラオ島を訪れた。コロール島から問題の島――かつて中部太平洋上で最も米軍に損害を与え、最も悲惨に玉砕したペリリュー島に渡り、取材にかかった。マラカル波止場からボートに乗り、島民の運転で洋上をつっ走った。ところが、ペリリュー島近くで猛烈なスコールに遭遇し、近くの小さな島に避難した。この孤島の一つの洞窟に雨宿りしたのは偶然であった。豪雨のやむまでのわずかな時間、私は眠りこんでしまった。その時、不思議な夢を見たのである。夢の中に高垣少尉が現われて、彼について調査中であった幾つかの謎が解明されたのである。さらに驚いたことに、ここが高垣少尉の斬り込んだ島、ガラゴン島だった。

だが、夢の中で教えられたことがたしかな証言によって裏づけられたのは、その後四年経ってから、つまり老婆に依頼の手紙を受けてから七年目であった。

昭和四十七年の冬のこと、私を訪ねてきた四人の遠来の客は、ガラゴン島で見た夢が真実であることを証言し、さらに二階級特進の実相と、その後に高垣少尉の歩んだ奇蹟と悲惨のてんまつを告げてくれたのである。

半井、藤川、井上、林と名乗ったこの四人は、ともに少尉が最も信頼した部下たちであった。

高垣少尉は、最初、ペリリュー島北地区守備隊、引野大隊の大隊副官として、同島で米軍の来襲を待っていた。ある日、この島に突然上陸しようとした女性を発見した。決戦間近なペリリュー島に、女性の上陸など断じて許されることではなかった。少尉は、コロール島に追い返そうとした。だが、女性は少尉の命令に従わずに上陸した。熱血漢の少尉は、その女性をぶんなぐった。ところが彼女は、少尉の直属上官である北地区守備隊長の愛人だったのである。

数日後、少尉はペリリュー島の離島に転出を命ぜられた。前日の報復を受けたのであった。

少尉は、この新たな任地ガラゴン島で、島の北部のデンギス水道機雷監視隊として一個小隊三八名を率いて米軍の来攻に備えていた。

昭和十九年九月十五日、米軍は大挙してペリリュー島に上陸した。これを迎撃して、パラオ集団でも最強を誇る水戸歩兵二聯隊を主力とするペリリュー守備隊一万一〇〇〇人は、頑強な防衛戦を展開した。

しかし、情報と科学力を主にする米軍に対しては、いかに肉弾と精神力をもって死力をつくして戦おうとも、限度があった。南地区から破竹の勢いで攻撃する米軍の戦力に、北地区隊も玉砕を強要されつつあった。そこで、高垣小隊に、北地区に援軍として馳せつけよという命令が下った。

けれども、米軍の軍艦の取り巻くペリリュー島に小隊が上陸することは、言うまでもなく不可能であった。命令を遵守すれば、ペリリュー島に上陸する前に全滅することは確実であった。しかし少尉は、いったんは玉砕を覚悟してガラゴン島から出撃したのであった。だが、夜間の海中渡渉は、敵艦に発見されれば、一矢報いることもできぬまま、無意味なる全滅となる。それを知ってあえて命令に従うことが、はたして〝忠君愛国〟にかなうか否か。少尉はこの命題を心の内奥で問うた。結果、少尉は、全滅の命令に抗し、独断専行を選んだ。ペリリュー島上陸を断念して、小隊全員をひきい、マカラカル島に転進したのである。

軍律厳しい軍隊で、高垣少尉の独断専行が許されるはずはない。〝高垣小隊は敵前逃亡小隊である〟〝高垣少尉は抗命した〟――この噂が、パラオ諸島一帯に流れた。

もともと正義感に強く、豪快な性格の高垣少尉は、独断専行の申しひらきをし、抗命の罪は小隊長一人にあり、部下三八名には関わりないことを主張すべく、その上で腹一文字にかき切って死をもってお詫びする覚悟で、十四師団長井上貞衛中将のいる司令部に出頭しようとした。

ところが、司令部に行く途中で、師団の上級将校と参謀等に発見された。少尉は、誤解と罵倒と冷酷な糾弾に、断腸の思いで耐えた。

やがて軍法会議を待つ少尉に通達されたのは、第二の報復といっても過言でない、敵中に斬り込めという非情な命令であった。

その頃、かつては高垣小隊の守備していたガラゴン島には、すでに米軍が占領して、小型飛行場を完成していた。その米軍の手中に斬り込めというのである。少尉がペリリュー島に上陸せよという命令を受けたと同じく、斬り込みは玉砕命令であった。

少尉は敢然として決死隊を編成した。歴戦の勇士を八名選んだ。前述した四人も、この中にいた。

生還不可能を予想されるこの斬り込みの実相は、驚くべき勇戦敢闘の連続であった。ともあれ、この斬り込みは、少尉の見事な指揮によって成功し、一行は大戦果を得て生還した。前代未聞の戦歴として戦果は上奏され、二階級特進の大本営発表となった。

ところが、その後、高垣少尉は事故死してしまった。そこで四人の部下たちは、その死について、誰にも絶対に口外しないことを盟約した。

それを、四人は、私にだけは打ちあけてくれたのであった。

私は、四人の証言にもとづいて書いた原稿を、確認を得るために彼らに送った。四〇〇字詰原稿用紙四〇〇枚は、一〇年余をかけて調べ上げた、少尉の事故死までの物語であった。

その原稿を閲覧した彼らから、次のような意見が届いた。

拝啓　毎日たいへん暑い日が続きます。（中略）再度熟読、原稿の内容等云々する何もありません。まさに事実の正確な記録そのものであります。表題『敵前逃亡』、まさにそのとおり。たいへん結構です。ただ、高垣隊長と私たちのお互いの間にあった信頼感と申しますか、親しさを表現して欲しいような気がいたします。そこで、何かそれに表現されるような事を、思い出してみようと思うのです。後程お送り申し上げたいと考えております（後略）
半井信一
船坂弘様

お送り下さいました原稿、二十四日夜、藤川君が持参してくれました。（中略）

表題の件、ならびに内容にありますマ島三十六湾において爆雷攻撃訓練をかねての魚獲中、小隊長の戦死について、高垣ご両親様、また藤川、半井、井上等もご承認いただけるなれば、私とて何も申し上げません。この件については、四人の盟約した件に関係ありますので――。

小隊長戦死の前、木の上で、林、煙草を吸わないかと、半本程のたばこに火をつけ、私に下さった事が思い出されます。私ども、海上遊撃隊に編成されてから、本島より少しは糧秣も受領することとなり、不自由は少なくなりましたが、煙草などはあるはずもなく、爆雷攻撃に参加した者にわずかずつ与えられていた頃で、貴重なものでした。攻撃には泳ぎが必要で、訓練もやっておりましたが、何と言っても陸軍ですので不得手なものもあって、この者等が夜半米艦をさけて、糧秣受領にボートで運んでいたわけです。小隊長戦死と同時に負傷いたしました私は、ボートにて戦友によってウルクターブルまで運ばれ、そしてパラオ本島大和村野戦病院へ入院いたしました。(中略)海上遊撃隊編成までの間、敵前逃亡小隊であった事は事実と思います。その間、責任者として、高垣小隊長のお気持は如何であったでしょうか。私どもは隊長の命に服するのみで、どうする事も出来ず、しかし今日生命あるは、高垣小隊長のお陰であると思っております。

高垣ご両親様、その他生存しておりますす戦友等の汚名を流したり、恩給受領権にも関係あるとすれば重大でありますが、現在敵前逃亡者の名誉挽回の折でもあり、数多い逃亡者のため役立つなれば幸いであります。ご賢明なる船坂様に、私としてはおまかせいたします。

船坂様　　　　　　　　　　　　　林　勇　拝

高垣ご両親様のご健康をお祈り申し上げますとともに、お会いになりました節は、よろしくお伝えください。

（前略）隊長のすぐれていたことは、私たち下士官の意見を尊重し、常に私たちの考えを基に、いかに上手に運ぶべきか、また指揮官として行う時は、率先してこれに当るという態度でした。こんな日常生活を過すうちに、いつとはなくお互い信頼するようになりました。

言葉の上では、私たちは「隊長殿」と呼びます（当然な表現ですが……）返事は「おおう」と応じ、その顔には必ず笑顔がどこかにありました。三十年近く過ぎた現在でも（今これを書きながら……）「おおう」と返事をする時の、笑顔が浮び上ってくるのです。

隊長殿と言えば、「おおう」「どうした」と、言葉が続いてかえってきたものです。

少なくとも、高垣隊長の最期になる十分くらい前、ちょうど隊長と林、それから当番兵の翁長との三名の姿が見えました。三人の居たすぐ後を、私も部下二、三名とともに、そこを通りすぎ、いつものごとく「隊長殿、どうですか」と声をかけると、例によって「おおう」「半井、帰りによれよ。今日はいいぞ」「そうですか、帰りによります……」これが言葉を交した最後でした。

それから十分くらい後に、空中に響いた爆薬の爆発する音を聴き、何か事故が起きたことを直感しました……。爆発の事故、この事故が隊長の死につながっていたわけです。まだまだ高垣少尉とわれわれに関しては、いろいろうかびますが、まとまりません。とにかく、立派な男でした。髭を剃った時は、好男子でした。にやりと笑う顔が、思いうかんできます。さらに食事する時には、終ってから「うまかった」「有難う」を必ず言う人でした。

遺体を埋めましたところはマカラカル島で、その位置は、はっきり記憶しており、いまもその位置にあるものと思われます。土の無い場所ですので（深く掘ることが出来ず）、遺体を毛布にまき包んで、くぼみを見付けて横たえ、その上にさらに毛布を被せた上に、環礁が小石のようになったものや、土砂をひろい集めて被せて、埋葬いたしました。

終戦となり、パラオ本島に引揚げることが決定した時、マカラカル島の私たちがガラゴンから一番初めに転退した砂浜に、慰霊碑を建て、遺骨を集めようと話合い、皆してその土台を築き上げた時、急に引揚命令が出まして、残念ながらそのままとなりました。私たち高垣小隊だけではなく、飯田大隊や海軍兵の逆上陸部隊の遺体が海水に洗われ白骨になったもの等が、だいぶ岸辺に打上げられていたのですが、これは残念ながらそのままとなりました。

以上ですが、ご参考になれば幸いと存じます。暑い時候です。お体に気を付けお活躍ください。

半井　生

拝啓

再度のお電話、折悪しくも外出中で失礼いたしました。貴原稿、半井君のところで手間取りましたので、貴殿の方もお急ぎの事と存じ、急ぎ一通り目を通さしていただきました。原稿拝見した感想は、藤川君の方へ私の意見も伝え、藤川君かもしくは林君がまとめてお知らせした事と思います。

私としましては、内容はたいへん結構な事と存じます。表題『敵前逃亡』については、林君より支障あるようなら貴殿の方で変えるとの便りがあったとの電話がありました。一人でも反対があるなら、変更すべきでしょう。また、ガラゴン島へ行く前日の事、各分隊長は私物品を埋めたようなところがありましたが、当時私たち兵隊には、私物なんてものは何一つ持っていなかったように思います。また反面官給品も不足で、着のみ着のままでした。

また、文中に出て来る「敵前逃亡」の言葉ですが、私たちは別として高垣様の目に止まることを考えますと、もう少しやわらかく表現していただいたらと思います。当時の事情を静かに考えますと、パラオ本島にいた照集団司令部が、援軍を送らなかった方が、よほどどうかしていたのではないかと思います。

ガラゴン島の有様は、実に的確に書けていると思います。ただ吉田伍長の戦死の状況を、もう少し書かれていたらと思いました。また、過日お電話にてお問合せいただいた、あの斬込の際活躍した私の軽機関銃が、その後どうなったかについてお答え申し上げます。あれはガラゴン斬込のあと、息子をかかえるようにして、マカラカル島に持ち帰りました。斬込戦の時、もしこの銃が故障して弾が出なかったりしていたら、私たちは完全に玉砕していたと思うと、命の恩人であると思い大切にしていました。

終戦の悲報を受けた後、私たち高垣小隊の残存者は、パラオ本島に引揚げることになりました。本島に行けば米軍の手によって武装解除が行われると聞きました時、私は、このかけがえのない、私の血がかよっていると信じている軽機関銃を米軍に引渡すことは出来ないと思いましたので、引揚げる船上で軽機関銃を全部バラバラに分解し、永遠の訣別をすることに決めました。私は、船上から、部品一つ一つを海中に投げ込みました。あの時は、涙が止めどなく流れ、実に淋しく断腸の想いでした。わが子をすててしまうようにです。

もう一つ申し上げることがあります。あれはパラオから内地に復員のため上船する直前でした。米軍のお偉方がやって来まして、「ガラゴン島に斬込んだ日本兵に、是非会いたい」と、わざわざ私たちを探しに来たのでした。しかし、私たちは知らぬふりをしていました。もし「われわれが……」と名乗り出たら、奴等はあの時の仇とばかり、戦犯にでもするのではないか、と考えたからでしたが、このたび貴原稿を拝見して、あの時のわれわれの考えは杞憂であったのではないかと思います。米軍の公刊戦史にまであの斬込が取り上げられていたことを知って、ならばあの時彼らは私たちに対して、敬意を表しにやって来たのかもしれません。何か記念品でも欲しかったのではないでしょうか。あの斬込については、米軍もかなり肝をつぶしたようですね。ましてや人員が高垣小隊長以下九名だと聞いて、どれほど驚嘆したでしょうか。

返事がたいへん遅くなり失礼しました。本の出来上がる日を待っております。

井上三郎

船坂様

『敵前逃亡』という表題は、四人の意志を尊重して変えることにした。現在でも五万人の該当者がいるという敵前逃亡罪に苦しむ遺族たちの救済に少しでも役立ちたいという目的もあった。ヨシノさんの感情をも考えれば、「逃亡」のタイトルでは少し強すぎるかもしれなかった。

思案のあげく『ああ斬込‼ 高垣少尉の奮戦』とし、再び四人の承諾を求めた。四人の同意はすぐに得られた。

いずれにせよ、表題をつけるまで進行したことは、四人の大いなる協力のたまものであった。

墓参した日は四十七年の冬、原稿が完成したのが五十一年の夏であった。

私は、完成した原稿を抱えたまま、部下たちからの催促を受けていた。

そんなある日、私は、遺族からのはじめて催促を受ける日を迎えねばならなかったのである。

# 血涙の告白

手紙の差出人は、〝高垣ヨシノ〟とあった。高垣少尉の母堂である。

「拝啓　絶えてのご無沙汰、誠に申しわけなく、平にお許しくだされたく。本年もまた終戦記念日が訪れようとしております折、貴殿が過年、日赤に入院、戦時中腹部に受けた砲弾の破片を摘出した由、承り居ります。その後の経過は如何かと案じ居ります。

さて、私は息子の戦死を思うと、胸ふさがり涙をおさえざる日はこれなく、ただ空しく年を重ね八十路に近く、最近はわが身老化して身心ともに意のごとくならず……」

書き出しを読みながら、すでに私の心は重くかげりはじめていた。明治時代に教育を受けたことが察しられる文体の裏に、老婆の私に対するある要望が、いや執念が、それも血涙をこめて問いかけている姿勢が、強くうかがわれたからである。

「……余生をさみしく息子のことなど思い浮べて、せめてこの世の限りの想い出に、戦死した息子に関わる、その後の情報や、お調べいただいた事で何か些少のことでも判明したお話を洩れ伺い、当時のわが子を偲びたく、つきましては甚だ恐縮ながら是非お宅を訪問いたしたく……」

私を訪ねることによって、永い間胸の内に抱きつづけた焦燥、不安、期待をなんとか解消したい――老婆の意図するところは、明らかに読みとれた。

この書面の主の老婆と初めて会った日より、すでに四年という歳月が流れていた。

あの日、老婆は、かつての軍人の母らしく、涙を見せまいと懸命であった。しかし、「息子の二階級特進については、どこをたずねても、その詳細が皆目わかりません……」と言うと、こらえ切れなくなって、激しく嗚咽していた。その姿に接して、私は、ある憤りにかられた。なんとかしてあげねばと、歯がみした。戦没者に対する私の義憤は、異常と言っても過言ではないかもしれない。遺族からの悲しみや訴えを聞くと、いても立ってもいられなくなるのだ。

その時も、耐えられない気持のまま、老婆に向かい「あなたの息子さんの戦友はおりませんか。誰かにあって戦死の真相をぜひ調べた上で、その真実を書かせてほしい」と約したのであった。

一人の戦死者を調べるには、まずその人物のいた原隊、その転属先、それがアジア大陸なのか太平洋上の孤島なのか、玉砕部隊なのか、後方部隊だったのかといったことをたしかめる。だがいずれにしても、その部隊の生存者を探し出すという、いとも単純なことから始まる。ところが、これがなかなかの難事であった。その上、かりに見つかったとしても、真相を聞き出す段になると、へたをすると軍規や部隊の名誉をきずつける事柄にもぶつかる。伝統ある関東軍の、見えざる虚構の大義を、暴露する危険性をともなっていた。

老婆の息子は、私と同じパラオ諸島の戦域で戦い、戦死した。それだけに、この付近の戦況についてては、多少心得てはいた。それにしても、つまるところは、パラオ戦史やペリリュー島戦史に秘められている、戦闘の実相、それも裏面史に触れざるをえないのではなかろうか。約束をしながら危惧を感じていたのは事実であった。

私は、パラオ諸島に玉砕戦跡の遺骨収集、慰霊に出掛ける都度、いまだ収骨されないままの、かつての戦友たちの白骨が野ざらしとなっているのを実際に目撃していた。これをこの戦死者の親や兄弟が知ったら、どんなに悲しむことだろうか。それでもやはり自分の肉親が、どこでどのようにして死んでいったか、その真実を知りたいに違いないと、そのたびに感じたものである。

戦争体験をしたものの心情は、同じ体験をした同士でなくては、とうていほんとうの理解はできない。幸いに私は高垣少尉の部下の四人にめぐりあったため、少尉の戦死の全貌を知ることもできたのだったが、私の危惧していた事にやはりぶつかってしまった。名誉の戦死をとげた軍人の母として村人たちの間に尊敬されている老婆の、戦死した息子に寄せている誇らしい信頼の心情を、あるいは無残に打ち砕き、遺族を奈落の底に追いやるかもしれないと思われる現実が、そこには秘められていたのである。

それを知っていたからこそ、あの部下たちは寡黙であったのであり、特に少尉の最期については、〝語るべからず〟と盟約していたのであった。

老婆の住むところは、比較的封建性の強い地方に属する。同じ栃木県に生まれた私だけに、この話が発表された時の、その地域の人々の反応がはっきりと予想された。

思案のあげく、この真相は誰にも発表すべきではない、と一度は固く決心したものだった。

老い先短いあの老婆のために、沈黙を守り続けよう――と。

この私の決心は、かつての小隊長の母に対し、その部下たちが、三〇年間という長い歳月、上官の戦死の真相を告げることなく、それぞれの胸に秘め続けた、その心情と相通じるものであったろう。

「……なお、この間のこと、ラジオで貴殿の家にある仏壇のことについて、まことに殊勝なお話を耳にいたしました。私の息子、勘二もそのお仏壇に祀られているような気がしてなりません。ご拝眉の折、ぜひお焼香させていただければ幸いでございます……」

その少し前に、私は、在家仏教協会の依頼を受けて、「生活の講座」というラジオ番組で、生活の中の仏教について講話をした。

〝わが家には、先祖代々の仏壇のほかに、不思議な因縁でパラオ戦域で散華した十四師団隷下の英霊の仏壇と、私が贈呈した「関の孫六」という日本刀で自刃された故三島由紀夫先生の仏壇と、あわせて三つがある〟という内容の話だったが、それを老婆は耳にしたのだというのであった。

気丈な老婆も、この話を聞いて、もはや待てなくなったのだろう。――ぜひお焼香を――にことよせて、〝息子はどこで、どのようにして戦死したのか、そして、二階級特進したという発表がなされたのに、それがなぜ一階級進んだだけでそのままになっているのか、どうぞその真相を話してほしい〟という、内心すがりつく思いで、この一文をしたためたのであろう。

どうしたらよいのか、熱心にせまるこの母への対応をいかにすべきか——私は新たな思案にくれた。

私は、書斎の戸棚の奥深くにしまい込んでしまった、かなり部厚い原稿用紙の綴りを思い、一〇年余にわたる年月を費して調査した苦労を思った。四〇〇字詰の用紙を埋めつくしたこの高垣少尉に関するレポートには、彼の波瀾に富んだ戦歴と、パラオ戦場の英雄となった経過が丹念に書き綴ってある。それは、老婆が最も知りたいと願う、その子にかかわるすべての事実の蓄積といってもよいものである。

それを、この書面の主である老婆は全く知らない、いや、知らされていない。それもこの私の意志によって……。

それにしても、老婆は、わが子の戦死の真相を私がすでに調べあげたことを、なにかで予感したのだろうか。

アンガウル島、ペリリュー島、パラオ本島とその周辺で戦死した一万余名の戒名を供えてある仏壇には、もちろん高垣少尉の戒名も写真もあった。もしかしたら、亡き息子の亡霊が、老婆の夢枕にでも立ったのかもしれない……。

私は、ふと、ある未亡人が体験した話を思い出した。諏訪市に住む宮坂民子さんは、パラオ本島で戦死したという一枚の公報だけでは、ご主人の死が信じられなかった。

宮坂上等兵は人一倍体も大きく、元気な人だった。その夫が戦病死するなんて、とても信じられないことであった。想いがつのると、民子さんは、どんな姿で死んだのか、せめて幻でもよいからそれを見たいと念じていた。二人が結婚してからの思い出も深くこもる場所が、家のすぐ近くにあった。彼女は、その場所で、一目でも主人に会いたいと懸命に祈った。すると、驚くなかれ、宮坂上等兵の姿が民子さんの目の前に現われたのだった。

それ以来、夕方になると、そこに行って必ずご主人の亡霊と会っていたという、世にも不思議な話であった。

その後私が組織した第三次船坂慰霊団に参加した民子さんは、昭和四十二年の冬のこと、宮坂上等兵戦病死の地、南溟の果てにあるパラオ本島に渡った。

上等兵が埋葬されたという場所は、パラオ本島の南部に当たる熱研台地という所で、その台地はひどいジャングルの中にあった。胸まである湿地を夢中で渡って、死にものぐるいでご主人の墓地にたどりついた。彼女はそこでいくつかの墓標を発見したのだが、どれがわが夫の墓か皆目わからなかった。懸命に合掌することしばし。すると奇蹟が起こった。墓標の中の一本が突然に倒れた。倒れた墓標の先にわずかなくぼみがあった。夢中でそこを掘ると、湿気をふんだんに含んだ黄ばんだ頭蓋骨があった。それは、見覚えのある金歯をはめたご主人の頭蓋骨なのだった。こうして奇しくも二十数年ぶりで涙の対面をしたのであった。民子さんの執念が夫にとどいたのであろう。その後、ご主人の亡霊は出なくなったという。石渡和久軍医大尉の未亡人ユキさんの数回に及ぶ熱心な慰霊渡島などとともに、忘れがたい感銘であった。

戦後の日本には、ヨシノさんと同じように、戦死したわが子、わが夫、わが父にたいし、限りなき愛情をよせ続ける人々がまだまだ数えきれないほどいる。

二葉百合子さんの浪曲〝岸壁の母〟があれほどの人気を集めているのも、ただの偶然ではあるまい。

同じように亡き人への執念を抱き続けたもう一つの話が、思い起こされる。ある年の三月十日、つまり戦前の陸軍記念日に当たる日のことであった。

その日、靖国神社の大鳥居をくぐり、玉砂利を踏む三人連れの遺族があった。

前かがみの老婆が、杖をたよりに重い足を運ぶ。その右側から老婆を支えるのは、息子の和夫さん、左側から手を取って寄り添っているのは、孫娘の恵子さんである。

戦前に流行した〝九段の母〟という歌を思い出させるに充分な光景であった。

心臓が悪く送血機を内蔵しているこの老婆は、文京区西片二丁目に住む青木鶴子さんという。米寿を迎えようとする高齢であった。

彼女には、芸術家として未来を嘱望されていた、目の中に入れても痛くない滋夫という息子があった。いまはその息子が、この社《やしろ》に永眠しているのである。

十九年の夏、昭和十六年に出征した次男の滋夫さんから、一通の葉書が届いた。それには、〝美しい島におります〟、とだけしか書かれてなかった。滋夫さんはそれ以前は、斉々哈爾《チチハル》の十五聯隊に在隊していた。当時はよく便りをくれた息子であった。母は、最前線にいる息子の身の上を案じていた。

その頃、滋夫さんはパラオ諸島の本島にいた。高垣少尉と同じ船で、関東軍の一員として南進していたのである。

滋夫さんのいう〝美しい島〟とは、パラオ本島の西海岸中央部のガスパン付近にある。この島は、サイパン失陥直後から食糧が欠乏し、アンガウルとペリリューの両島が玉砕すると間もなく、本格的な飢餓の島と変わってしまっていた。

その島で、滋夫さんはペリリュー島の逆上陸部隊要員として、さらには海上遊撃隊要員として激しい訓練下にあった。実戦をしのぐ訓練が長びくとともに、島の食糧事情は悪化した。一日に小さなマッチ箱一杯の米は、三〇〇粒にも充たない。手の中に入れても、わずかしかなかった。これでは食べ盛りの青年たちの健康を維持するなど、とうてい無理なことであった。滋夫さんが栄養失調の初期を迎えたのは、二十年の春である。すぐパラオ野戦病院に入院し、榊原英夫軍医の手厚い加療を受けた。佐々木峻軍医によると、一日一〇〇人あまりの栄養失調患者が続出し、その中の多くが死亡したという。

滋夫さんは、入院中に、鶴子さんに二枚目の葉書を書いた。美しい島にいる、と伝えてきてから一年半ぶりのそれには〝元気でいる、返事には及ばず〟と書いてあった。だが、それが母の手に渡ったのは、終戦の翌月、二十年の九月二十日である。

鶴子さんの喜びは計りしれなかった。終戦後に、返事はいらない、というのである。戦争が終結したので、間もなく帰る、だから返事に及ばず、そう受けとるのは当然であろう。間もなく訪れるであろう滋夫さんとの再会の喜びを、鶴子さんは胸をおどらせて待っていた。だが、滋夫さんの運命は逆転していたのである。

滋夫さんはその頃、板垣嘉和主任軍医、榊原英夫軍医によって暖かい手当てを受けていた。生き続けてはいたが、余命いくばくないことを白らさとり、遺書を書こうとしていたのである。

この広い世界にたった一人しかいない母、その母の手に届けてもらう遺書の内容をどう綴るべきか、あの母を悲しませてはならない——。

滋夫さんの申し入れを受けいれて、板垣軍医が、特別の計らいで用紙その他の品を揃えてくれた。

滋夫さんが遺書を書きはじめたのは、終戦後数日経ってからである。

通常、遺書とは、文字をもって最後の意志を伝え遺すものとされている。滋夫さんは、頭脳明晰な人でいつも名文を綴っていた。しかし、遺書には何もかもは書けない。芸術家としての滋夫さんは、絵にして説明をつけ、自分の姿と心の動きをよりリアルにかきとめ、それを母に見せようと考えたのである。単なるきまり文句の遺書であっては限られたことしか書けない。それより一齣《こま》毎の連続漫画にしたてよう……。

一方、母はといえば、陰膳を用意しない日はなかった。「もしわが子がひもじくば、私は食べずともよい、どうぞ滋夫が空腹を感じませんように!」母の祈りは、滋夫さんを育てあげた頃と同じように、何年経っても幾十年経っても変わりない母の心から発していた。〝このわが命を縮めてもよい、どうかあの子が帰れますように!〟。

滋夫さんは、遺書をかく準備を進めていた。軍用箋一枚を一二に区切って、三〇枚に三六〇の枠どりをした。

この様子を見た板垣、榊原両軍医は、後日鶴子さんに送った便りで、〃終戦後、滋夫さんの病状は元気になりつつあります〃と伝えている。

滋夫さんは、遺書の題名を「甘藷《さつまいも》の味」とつけた。

当時、この島の将兵の生命は、この甘藷によって支えられていたからである。照集団は、米軍に大打撃を与えるべく、あらゆる攻撃法の訓練に全精力を傾注していた。弾丸は充分あった。だが食糧の蓄えは皆無であった。将兵は、戦うための体力が不安になった。

地上の動物は食べつくしてしまった。海に出て魚介類をあさった。だが米軍の爆撃によって、海にも出られなくなった。食べるものは、草の根、木の芽、木の芯などとなった。もう次には何も無い。師団は、各聯隊にジャングルを開拓して農場をつくることを命令した。兵士の大部分は栄養失調で、鍬をふる力もなくなっていたが、歯をくいしばって農場をつくり、甘藷を植えつけた。

高温多湿のここは、甘藷生産の最適地であった。が、肥料が無い。「甘藷一本は血の一滴」なのだが、甘藷の生産量より兵隊の数のほうが多かった。結果、栄養失調患者が続出した。その中の一人が滋夫さんである。

当時の非常な情況を、福井厳軍医は、鶴子さんに送った便りに、〃一日三百人もの患者が出た。いずれも栄養失調による病気である〟と書いている。

この島の餓死者、約五〇〇〇人というから、悲劇の島メレヨン島など問題にならないほどの、世にも恐ろしい大悲劇がこの島に起きていたのである。

当時のパラオ照集団が発行し各聯隊に配布された唯一の情報紙「快勝日報」を見ると、師団司令部は、甘藷の生産こそ兵隊の生命を救う道であると信じ、この生産に賭けていたことが推察できる。

〝打込め耕せご奉公―長期戦増産成ればまず勝利―増産だこの一鍬が国守る―パラオの特攻増産に体当り―弾丸のかわりは芋玉でゆけ―精出せ汗出せ芋を出せ―一鍬にこもる力が敵を打つ―〟といった記事が、毎日、いちばん目立つところに黒枠で大きく囲まれて掲載されている。かつての関東軍の精鋭が、いまは生き抜くための農耕部隊となってしまっていたのである。またそこにはこうも書かれてある――「本日より立小便と野ぐそは必ず甘藷畠においてせよ‼」。甘藷を是が非でも育てることが餓死者を出さぬことと覚った師団の苦心惨憺の命令を体したコラムなのである。

滋夫さんが「甘藷の味」の序文を書いた日は、昭和二十年九月二日であった。

著者はパラオ本島警備中に感じたところを痛いまでに記してこの書を綴るべく努

力した。

野戦帰りの一技師が戦線にあって食糧になやみ、ある民家の親切なおばさんにいろいろ子供のように可愛がられ、また芋を補給してもらい、彼をしてその精神に神のような人間愛を植え付けさせた。彼が帰還して職業に従事するようになっても、その身に感ずるのは、例のおばさんの芋である。自動車会社を背景に画くこの物語は、戦後の男女の愛と労苦で読者に迫るべく努力しつつ書したものである。パラオ野戦病院にて記す。

その日から、丹念に一齣ずつえがかれた絵には、まず帰還第一日、主人公はあふれる体力を押さえて会社に出勤し、俺の力はこれだ！　と張り切る姿が見事に表現されている。それから、主人公の働く姿、街に出た青春の日々、平和への感謝の日々、勤労の喜び、充実した若い日の生き方……、それらが三六〇齣に鮮明確実な立体画として描かれ、その一齣ごとに簡潔な説明がついていた。その最終のページの六齣は、社会人として成長し、東北に旅する場面になる。親切なおばさんの家を訪ねるのである。東北線に乗り込んだ滋夫さんは、秋田駅で下車し、山路をたどってやっとおばさんを見つけた。〝オバサーン〟——。

ようやく秋田のおばさんを探し出して感激の再会をするところで、前篇が終わっている。

おばさんに会って何を話すのであろう。たぶん甘藷のお礼から始まるのであろうが……。

滋夫さんは、ここまで書くのに全身全霊を賭けたのである。九月二日から十月の末日まで書き続けた滋夫さんは、後篇を書く予定だったのであるが、ここまで書いて息が絶えてしまった。

照集団、十四師団の第一回の復員船が浦賀港についたのは、昭和二十年の暮れからである。復員船上で、餓死寸前の将兵が、再び雄大な富士山を仰ぎ見た時の気持を、なんと表現しよう。あの富士が涙でぬれて見えた。とめどなくあふれる涙を、どうすることもできなかった。感激の涙だけではなかった。複雑な涙であった。助かった！という安堵感、その中に玉砕した仲間と餓死した仲間への想いがわずかにあった。あとは早く家へ帰って……。

浦賀港全域の焼けただれた光景を目撃した瞬間、敗戦の事実を実感として認めざるをえなかった。

昭和二十一年二月に引き揚げた照集団将兵は、意外な恩典に浴した。畏《かしこ》くも天皇陛下のお出ましがあり、咫尺《しせき》の間に接し、照集団の苦労をねぎらう格別の国のお言葉を賜わったのである。聯隊長以下将兵は、いたく感激のあまり、万感胸に迫って滂沱《ぼうだ》の涙を禁じえなかったという。

だが、高垣勘二さん同様、青木滋夫さんもここにはいなかった。その頃、鶴子さんは復員業務に当たっていた役山明さんに調査してもらい、滋夫さんの未帰還の理由は病死であることを知った。

鶴子さんの期待ははずされた。必ずいると信じた母の心は痛んだ。ある不吉な予感の方がほんとうだったことを、ここでようやく認めざるをえなかった。老婆には、それまでは信じられなかった、ある夜の出来事が、あらたに思い出された。

夜中に戸をたたく音がした。コツコツコツ……。そして母さん母さんという声がした。彼女は急いで戸を開けた。

滋夫が帰って来た——そう思って戸口に出てみると、誰もいなかった。帰ったはずの息子はどこにいるのだろう。……こんどは裏口の窓ガラスをたたいている音がした。滋夫さん、なぜ表から入らないんです……鶴子さんは、裏口に回り、戸を開けて、滋夫、滋夫と呼んだ。

だが、誰もいなかった……。

復員船を出迎えた日からしばらくして、公報が届いた。公報には、十月十五日と書いてあった。終戦後二ヵ月経っての戦病死だったのである。それだけに、鶴子さんの心は痛んだ。

鶴子さんの姉の子供も、二人出征した。そのうちの一人がニューギニアで戦死した。鶴子さんの姉も、家の門の前にミドリの服を着て馬に乗って立っているその子の姿をハッキリ見たという。こういう話は、戦死者をだした家にはつきものである。人間の新魂《あらみたま》は必ず帰り、人間の霊も必ず帰るものなのである。

昭和二十二年、パラオから復員した福井軍医によって、その漫画は鶴子さんに届けられた。それからの鶴子さんは、滋夫さんが果たしえなかった、漫画の人秋田のおばさんを探し続けることに戦後をかけた。途中で私も手伝って、ついに秋田県能代市鰄淵《かいらげふち》の石川とみ子さん、かつての滋夫さんの恩人を、やっと探しあてることができたのであった。

高垣少尉の母が勘二少尉によせる思いは、宮坂民子さんや青木鶴子さん同様の執念ともいえる。だから高垣少尉の霊魂が、老婆の枕辺に立って、〝お母さん！　実は私は……〟と話しかけることも無きにしもあらずである。またほんとうにあったとしても偶然ではなかろう。

老婆ヨシノさんが手紙で前触れしたあとわが家を訪問したのは、それから間もない昭和五十一年の秋のことである。足腰が痛いという不自由な体をおしての栃木県からの上京はたいへんだったであろう。

かつて四人を伴って墓参した時から、もう四年に近い歳月がたっていた。そのおもざしを見た時、私は思わず胸をつかれた。二ヵ月前、私は養母を失っていて、その衝撃が、まだ少なからず残っていた。老婆は、亡くなった養母とほぼ同年輩である。物心ともに何の不自由なく家族に見守られて幸せな晩年を送った養母にくらべれば、この老婆の秘められたむなしさはどうだろう。以前の老婆はもっと元気だったのに。

「まあ、ま、お上がりください。ようこそ……」思わず老体を抱き支えていた。

仏壇を前にして、老婆は、一瞬呆然として声も出ない様子をみせたあと、すぐ合掌瞑目した。

「お母さん、この過去帳に息子さんが、ここに勘二少尉の写真が……」

老婆のひとみから涙があふれ出した。

その姿を見た時、ああ、この母はわが子の真相を知らねばならぬ、それを知る権利があるのだ、知らせてあげねばならないと思った。

かつてあの部下たちが、口々に熱っぽく語った、沈黙を破って真実を語ることが慰霊につながる、という意味が、いまさらのように悟られたのである。

へたな斟酌《しんしゃく》は、この母には不必要であった。

三年前に会った時は、年齢を聞いて驚いたほど、未来に何かを託しているといった若さが感じられたのだが、それがすっかり消え失せていて、どこかに息子の死のかげりが投影されているような、不吉な老残をむきだしていた。

三人の息子を戦争で失ったこの母が、あわれでならなかった。

私は即座に決心した。

応接室に家内が先導し、私は書斎へ入った。

「これが、ヨシノさんの息子さんの勇敢な戦いぶりと戦死のご様子を、ありのままとめさせていただいた原稿です。これはあなたのために書いたものです。どうぞごらんになってください」

老婆は一瞬、瞳孔をひろげて、息を呑み込んだ。

「これが……これが勘二の話ですか……こんなに沢山……」

そう言いながら、老婆はソーッと手を出し、原稿用紙の綴りの上を静かにやさしくなでた。わが子の身体にふれているように……。やがて、こらえきれずに、和服のたもとをさぐって、ハンカチを取り出し、眼に当ててしまった。万感胸を衝いたのであろう。ここに息子の死の真相が書かれている。あの子を生んでから五〇余年、そして戦死の報せを受けた日から三一年、ようやく息子は帰ってきた。やっとの思いで、息子の生きていた実感にふれることが出来る……。

三一年前のあの日、お上はおまえが戦死したと告げて来た。しかし、骨箱の中におまえの骨は無く、私はおまえが死んだということが信じられなかった。どこでどのようにして死んでいったのか、ほんとうに納得できるまでは、おまえの死を信じる事ができなかった。笑顔で出征していったあの日から、母はおまえの帰りを待ち続けたのだよ――亡きわが子への切ない愛情が、老婆の胸に高潮のようにおし寄せ、波濤となり涙となってあふれ落ちた。〝お母さん〟……高垣少尉の若々しく熱っぽい声が、母の耳許に聞えてきたのではなかろうか……。

母は、子を胎内に宿した時から、その母とその子だけに許される睦言《むつごと》を持つという。他の誰も知らない、ひそかで甘美な二人だけの世界。母と子は胎内において臍の緒でつながり、世に出ては乳を与え、乳を無心に飲むという絆《きずな》で結ばれる。成長した暁には、その絆は心の絆となり、生涯離れることはない。

『父母恩重経』という古典によれば、生子忘憂の思いというものがあるという。父親もちろんだが、特に母親は、生きているかぎり子の事が心配の種なのだという。しかし、それを苦労だとは決して思わない。またそこには、遠行憶念の思い——遠くへ旅立った子のために、陰膳を据え無事を祈り、そして子がわが懐に帰って来る顔を見るまでは心配で心配で安心が出来ないという母の思いが説かれてある。

老婆の泣き続ける姿を、私はついに正視できなくなった。いたたまれない思いで、老婆と原稿を残して応接室を出てしまった。

廊下に出ても、泣き声は聞こえてきた。その泣き声は、高垣少尉の在りし日を偲ぶたった一人の母の泣き声ではない、と思った。靖国神社に眠る三〇〇余万人英霊の母親の、わが子をしたう泣き声ではなかったか。

母と子の絆がこのように尊く、かつ厳かなものであることを、改めて教えられる思いがしたのである。

世の中の子たちは、母より先に死ぬものではない。苦労に苦労を重ねて自分を育ててくれた母を、子らは守らねばならない。それなのに、あの戦争では、たくさんの子が母より先に死んだ。そして帰るわが子の顔を見ることができぬ悲しみの母たちは、安んじることもなく淋しく余生を送らねばならなかった。

私の知る年老いた遺族たちは、いずれも「済んでしまった戦争の事は、どうにもならない。戦死した息子がいまさら戻って来るわけはない、再び戦争を繰り返さないように祈るだけです。老夫婦が揃って、息子夫婦がみな元気で、孫たちが大勢いること、これがいちばん望ましい幸せですね」と言っている。「これからの人たちには、絶対に私たちが歩んできたような、あんな悲しい思いをさせたくありません……」とも口々に言う。

不幸な母を持つ国は、ほんとうに不幸であると思った。

当時、兵隊は消耗品のように扱われた。一銭五厘の郵便葉書で召集され、あとは出たまま消息さえわからず、戦死すると白木の箱が届いた。それに対して、誰も何も言わなかった。

米国のように民主主義に徹底した国では、出征兵の家族が団結して、私の息子を戦場から早く返せ、と政府に抗議したり、損害が多い戦場のニュースを見て兵士たちの母親が集まって、反戦運動をはじめたりする、ときくが……。

しばらくして、私は老婆の前に座った。老婆はまだ泣いていた。

涙で重くなったハンカチを見た時、私は思わずもらい泣きをした。

「戦後の日本は、平和すぎるほどよくなりました。戦死した人々の犠牲の上に築かれた平和です。ですから、国のために、平和のために死んでくださった方々の尊さを、忘れないように、有難く感謝しなくてはいけませんね……」

老婆は、私の声で顔をあげた。

「ではお母さん、この原稿をこれからごゆっくり読んでください。高垣少尉のことばかり書いてあります。四〇〇枚ほど書いてありますが、これをごらんになれば、すべてのことがおわかりになります」

老婆は大きくうなずきながら、原稿綴りの表紙を大事そうにめくった。上半身を乗り出して、食い入るようなまなざしで読みだしたのである。

だが老婆は、一枚めくるたびに涙をふいていて、息子のことだから一挙に読んでしまおうといった様子はなかった。

「近頃、眼が悪くなりまして。そのうえつい涙ばかり出て……それから、少し読んでもすぐ疲れまして……」

老婆は残念そうに、読めない条件をいくつか言って、また涙をふいた。

「では私が、この原稿を基にして、お話しいたしましょう。これは、高垣少尉の部下の証言ですから、正確だと思います。

いずれ、この原稿を活字にして、できれば単行本にしてから差し上げましょう。本になりましたら、ゆっくりごらんください」

「ええ、ええ、どうかお願いいたします。では、今日は、お手数でしょうが、お話していただけましたら、私はもう思い残すことは何もありません。私だけではありません、亡き息子もどんなにか喜ぶでしょう。お願い申します……」

私は原稿をめくりながら、話し出した。

老婆は拳を固く握って、耳をそばだてていた。

秋といっても、まだ残暑が身にしみた。ときどき近くの道を通る自動車の排気音が私の話を中断させたが、三〇余年の劇的回想は順調に進んでいった。高垣少尉が奮戦したパラオの暑気を感じながら、話は、かつての激戦の島西カロリン群島に移った。

# 勇士の母堂

高垣勘二少尉の母ヨシノさんのこの訪問は、ちょうどお彼岸の日の秋空が青く澄んだ午後であった。

彼岸とは、迷いの世界を此岸《しがん》というのに対して、悟りの世界をいう——と教えられていた。

この日は、謎を秘め疑惑に充ちた高垣少尉にまつわる過去について、依頼された結果を披瀝し、依頼者ヨシノさんのすべての疑念を解き明かし、その悲願をかなえることができる待望の日であった。

高垣少尉の母の悲願がかなう日こそ、私にしても長い間持ち続けてきた責任から解放される日であった。考えれば、二人のこの日の邂逅こそ、輪廻《りんね》と因縁《いんねん》の交錯する二つの感応であって、人間の持つ宿命的な煩悩《ぼんのう》から一時でも解放される時ではないかと思われた。

迷いの世界が此岸、悟りの世界が彼岸であるならば、一時でも、いや、できるなら永久に、この母を此岸から彼岸へと導いてあげたい。それも叶えられないなら、せめて彼岸に近づけるよう努力したいと願っていた。

私は時を忘れ、高垣少尉の劇的な一部始終を話し続けたのである。

話が四〇〇枚の原稿用紙に記載したところすべてに及んで、「お母さん、私の調べたことはこれだけです。申しわけありませんが、これ以上はわかりません」と終止符をうった。事実、それ以上の事は皆目わからなかった。また、それ以上調べようという気持もなかった。疑惑はいくつかあるが、これ以上の事に触れれば、他に諸々の影響を及ぼし迷惑をかけることは火を見るより明らかであった。これ以上のことを知ろうとしても、神ならざる人間の力ではしょせん求めても得られないことも予想していたからである。

ヨシノさんは、わが子高垣少尉が敵陣中に斬り込んだ事実については、新聞紙上で終戦直前に大本営発表の戦果を基に「九勇士の活躍」の見出しでわずかな行数発表されたものを読んでよく知っていた。その記事を、彼女は、切り抜いて大切に肌身につけて持ち歩き、幾度も繰り返して読んでいた。一字一句完全に記憶していて、内容は鮮明に残っていた。だが、戦場を知らぬ者が、ましてや婦人が、戦場と戦闘の本質をほんとうに理解することは、しょせん無理なことなのだ。「歩兵操典」の本領を見ると、その第八項に〝戦闘ハ輓近著シク複雑靱強の性質ヲ帯ビ……〟とある。

私が関東軍の一兵士として北満の部隊にいた時点では、複雑靱強ノ性質などといったことばは、無味乾燥な熟語の一つとして記憶の中にあるだけであった。しかし、一度戦場に赴いて玉砕戦に参加し、凄惨な修羅場の中で戦い、辛うじて死線を越えた時、はじめてその複雑さと靱強の性質を、実感として肌で受けとめたものである。

高垣少尉の部下の証言による私の話は、ヨシノさんを次々と高垣少尉のいる戦場に誘い込んだ。近代戦の持つ異常で苛酷な様相にみちた戦場で、よりによってわが子勘二が、予想だにしなかった不運な事態に遭遇し、思わぬ逆境に陥り、運命の悪戯《いたずら》にさいなまれた真相を知って、彼女が受けた内面の驚きと嘆きは、ひとしお大きく激しかったはずである。

しかし、この母は、永い間かけて、あるいはそのようなことも無きにしもあらず、とわが子にふりそそがれた悪名を予想していたのであろうか、悲しみも怒りも、面ざしには現われていなかった。

ヨシノさんはその衝撃を耐え忍んでいたのだろう。平静を装って激動する内面の感情を押さえ続けていたのだろう。

私の語る高垣少尉の戦歴とその末路に至る一部始終に、静かに耳を傾け、一言も聞きもらすまいとするこのけなげな勇士の母に、私の心はしだいに重苦しくなり、ある不安をさえ感じていた。

だが、ヨシノさんは、私の一連の話が終わった時、はじめて激しい感情を、目もとに現わして、それまでためていた怒りを、堰《せき》を切った勢いで、流れ出すような口調の中に表現したのである。

「軍隊って、そんな理不尽な、信じられないことを……師団長がいちばん偉いんでしょう……その師団長が部下を全部指揮しているんでしょう……偉いからといって部下の気持がわからないんじゃないでしょうね。

うちの勘二が、自分の部下を無駄死させないために、ペリリュー島に行かなかったのに、それを抗命だなんて、とんでもない！　命令を守ってそのまま進んだら、全員が米軍に殺されたでしょう。それも戦わないで。それこそ犬死ではありませんか。そんな死に方を、軍隊は許すのでしょうか。……無駄死しても命令さえ守ればいいなんて、信じられません。……まさか、そんな死に方をさせて、名誉の戦死だとか、玉砕だとか、体裁のよい発表をするんじゃないでしょうね。

部下を犬死させないために、思い切って、引き返させたから、小隊全部が助かったのではありませんか！　小隊は全部で三八名もいたと言いましたね……それが抗命だなんて、とんでもない！」

次の問題にその怒りを移した。

「せっかく引き返して助けた大勢の部下を、こんどは米軍の砲撃で殺してはと、勘二は部下を隣の島に移したのに、それがなぜ、どうして戦場離脱だとか、逃亡だとか……そんな馬鹿げた話があるなんて……」

ヨシノさんはたて続けに、一挙にここまで、はげしく言った。

だが、にわかに目を曇らせると、涙は雨となってはひろがった。涙はあとをたたず、激怒は嗚咽に変わった。

「あの子は剛気なたちの子でした。その反面、とても優しく思いやりの深いところがありました。……むざむざ部下を犬死させませんよ。……それなのに、やれ抗命だ、戦場離脱だ、逃亡だと理窟をこねて、あの子をさんざん苦しめたんですね……」

怒り心頭に発した母の言葉は、ここで絶えた。だが嗚咽は続いていた。私は黙っていられなくなって口を開いた。

「お母さん！　お怒りはわかります。でも、高垣少尉は、そのことについては、怒りをいっさい見せませんでした。そこが偉いと思うのです。そして、抗命だ逃亡だと言われたその直後に、ガラゴン島斬り込みで、たいへんな戦果を挙げたではありませんか！　その武勲は天聴に達したんですから、高垣少尉は一躍にしてパラオ戦場の英雄となったではありませんか！　一時はとやかく言われましたが、斬り込みによって何もかも挽回したではありませんか！」

母を慰める言葉は、これ以外にあろうはずがなかった。私はそう言って黙りこんだが、かつて半井伍長が「仲河参謀をたたき殺したい！」と激しい見幕で言った時の、あの憤怒の形相が再び脳裡に甦った。

ヨシノさんは、私の慰めの言葉に感じたのか、人一倍気丈夫な質であるだけに、あまり涙を見せてはと思ったのか、顔をあげると、

「私は軍隊のことは何もわかりません。でも、もし私が勘二だったら、私だって勘二と同じように、部下を中心に考えて行動しましたでしょう。誰が何と言おうが……。あの時部下を進ませて犬死でもさせたら、私は、三八名もの遺族の両親に、何と言ってお詫びをしたらいいでしょう。命令が大事ですから命令どおりに進んで犬死しましたと報告できましょうか……。勘二だって、大切な人さまの息子さんたちを、天皇陛

下のご命令でお預りしていたんですからね」

と言葉を返した。

ヨシノさんはもう涙を見せなかった。

「人さまのお子さんを預るといえば、私だって……。東京の空襲が激しくなって、食糧が底をついた時です。勘二が斬り込みをしていたころでしょう。私の村で、都会の学童を六〇人ほど預かったことがありました。私は第一線で勘二が国のために頑張っていることを考えて、あの子に負けては申しわけないと思い、その子供たちをわが子とも思って、毎日リヤカーに食糧を積んで運んであげました。夜は寝ずに草履を編んであげ、モンペを縫ってあげ、暇があればシラミを取ってあげ、夢中で世話をしました。この子供たちが大きく成長すれば、みんなそろって勘二と同じように立派な軍人になって日本を守ってくれると思うと、その子供たちが全部勘二の顔に見えたのです。

今になって考えますと、勘二もこの母と同じように、部下たちを大切にしたんですね。抗命してまでも部下を助けようとしたんですね……」

ヨシノさんは、疎開の話の中に勘二少尉の心の優しさを回想しはじめたのである。心の中で〝勘二おまえもそうだったのか……私もおまえと同じ気持だったのさ〟と少尉によびかけていたのだろう。

「舩坂さん、それから勘二は、その司令部の偉い方を訪ねて、自発的に出かけたんですね……抗命でも逃亡でも、かようしかじかと、きちんと真実を申しひらきすれば、わかってもらえると信じていたんですね。そこで軍法に照らせば当然、白黒がつくはずですからね。それは、勘二の考えが正しいはずです。……その時、裁きもせずに文句を言われたんですね。だが、あの子は逃げ隠れするような卑怯なまねは絶対にいたしませんよ。私は、あの子を、小さい時から手塩にかけて……そういう点をはっきりしないと強い男にはなれませんよ、と特に厳格にしつけましたのです。あの子の母として、責任を持ってね……。勘二は戦場に征っても、この母の教えを守って、私がちゃんとしつけたとおりに……。

私のおなかを痛めて生んだ甲斐がありました。母としてこんなに嬉しいことはありません」

勇士の母は、そう言って、軽く瞼をとじた。

私は、ヨシノさんが、わが子をかくまでも信じられる、信じている、その心の尊さに、心の重さに、感じいった。

私は、この機会をとらえて、他の戦場で起こった抗命の実例をあげたかった。できれば、抗命、戦場離脱の最も有名な話をして、ヨシノさんの内面の怒りをやわらげたい……。

抗命に関しての最大の事件として戦史に残されているのは、インパール作戦における佐藤幸徳中将の抗命ではなかろうか。大東亜戦争中における悲劇の戦場をガダルカナルとすれば、悲惨な戦場の代表はインパールであろう……。

「あれはたしか、昭和十九年の五月ですから、息子さんが山口旅団に転属したと同じ時、大本営はインド進攻を実施したのです。その戦闘の最中に、日本陸軍建軍以来八〇年の統率の大伝統を破って、なんと一個師団約一万人が戦場を離脱したのです。息子さんほか三八名の離脱など問題外ではありませんか。佐藤中将の場合は親補職で、軍刑法でいう抗命罪を犯したとしても、実際には裁いて罰を与えることはできませんから、大本営の秦参謀次長が現地に出向いたほどの大問題になったのです。

当時、インパール攻撃を指揮したのは、第十五軍の軍司令官として問題の人、牟田口中将で、その麾下に第三十三師団、第三十一師団、第十五師団の三個師団を率いておりました。この各師団がインパールを攻撃したのです。この時、インパール作戦の北翼を攻撃する第三十一師団長、佐藤幸徳中将は、牟田口軍司令官の進撃命令に反抗して、攻撃命令を公然と拒否し、独断専行して堂々と退却命令を出したのです。高垣小隊のように、ペリリュー戦場に合併しようとして途中まで前進したが、やむをえず退却したケースとは全く異なります。もちろん、高垣小隊に歴然とした理由があったように、佐藤中将にも、相当な理由があったのです。

ましてや、軍隊では、独断専行は時と場合によって許されるのです。その命令の本質に逆行しなければよいのです。

歩兵操典の綱領、第五の〝独断〟を見ますと、

『凡《およ》ソ兵戦ノ事タル独断ヲ要スルモノ頗《すこぶ》ル多シ而《しこう》シテ独断ハ其《そ》ノ精神ニ於テ決シテ服従ト相反スルモノニアラズ常ニ上官ノ意図ヲ明察シ大局ヲ判断シテ状況ノ変化ニ応ジ自ラ其ノ目的ヲ達シ得ベキ最良ノ方法ヲ選ビ以テ機宜ヲ制セザルベカラズ』とあります。

問題は、〝服従ト相反スルモノニアラズ〟というところです。

高垣少尉は、司令部に出向いて、申しひらきしようと、半井伍長を同伴して舟艇で出かけました。問題の契機となる場面です。あの時、高垣少尉は、この独断専行を主張したかったのでしょう。でも、その訴えさえ、全くできませんでしたね。実は私は、高垣少尉の意中にあった独断専行について、その後、いろいろと調べたのですが、結局むずかしくてよく理解できませんでした。ただわかったのは、この出典はドイツのもので、そこでは独断専行があまりにも流行して弊害がありすぎたので、日本ではそ

れを改訂したということです。その道の専門家にそう説明を受けたことがあります。私には、〝服従ト相反スルモノニアラズ〟とつけ加えて遂行を制限したのではないかと思えるのです。高垣少尉の場合、かりに軍法にかけられたとしても、やはり問題は、独断専行が認められるかどうかにかかっていたでしょう。

さて、インパール戦場で英軍を相手に悪戦苦闘を続けていた第三十一師団には、最も必要とする弾薬が一発もなくなり、その上食糧も尽きてしまったのです。佐藤中将は考えました。約束したはずの弾薬も食糧も送ってこなければ、英軍を攻撃するどころか、可愛い一万人もの部下が餓死してしまう……。牟田口中将に対しての怒りが、心頭に発したのです。

その時の佐藤中将の激憤は、伊藤正徳さんの『帝国陸軍の最後』という本によると、『軍は兵隊の骨までしゃぶる鬼畜と化しつつあり、即刻余の身を以って矯正せんとす』と、牟田口中将にその激怒を報《しら》せたのです。さらに『俺一人が悪者になって、一万の将兵を救うのだ……早く食糧のあるところまで退れ！』と命じた、と書いてあります。こうして独断専行し、敵前から公然と退却を命じたのです。

この話と、高垣小隊の話を比較して見た時、ヨシノさんはどう思いますか？」

ヨシノさんは「師団長が……」と眼を丸くして驚いていたが、やがて問いかけてきた。

「勘二の場合も、佐藤中将と同じように、軍法会議にかけられて、抗命罪という罪名を着せられたのでは、ありませんね……」

「はい。抗命とか逃亡とか戦場離脱とか、噂されたのです。噂がしだいに各島にひろがってしまったのです……」

ヨシノさんは、無念の涙を新たに見せた。

「斬り込みのこと、くわしく聞かせていただいて、驚きました。よくも頑張ってくれたと、わが子のことながら感激しました。息子たちには、天佑神助があったのですね。神仏のご加護としか思えません……。よくまあ敵の弾に当らずに……。でも、三人の部下が戦死しまして、気の毒でなりません……」

ヨシノさんは新たな涙を押さえた。

「船坂さん、三年前……いや、もう四年前になりましょうか、あなたのご案内で墓参に来てくださった四人の部下の方々が、身を粉にして勘二をたすけて戦ってくださったのですね……。あの方々が……。

あの時、私の家で、四人共に始終泣いてくださいました〝小隊長殿、小隊長殿〟って……。〝小隊長殿は勇敢でした。立派に戦いました……。おかげさまで私たちは帰れました〃……そう何度も繰り返しては涙を流してくれました。せっかく九州や関西から訪ねて来てくださいましたので、ぜひ泊まっていただいて、できれば村の人を集めて、勘二の武勇伝をくわしく語っていただけたら……と心の中で願っていたのです。

でも、あの時はどなたも涙ばかり流していて、息子の二階級特進のことにも、最後の斬り込みのとき息子がどこをどのようにやられて死んだのかにも、いっさい触れようとされませんでした。そのことで私は、直感的に何かあると感じました。勘二には私にさえ言うことのできないことが確かにあるのかもしれない、そう思ってはいたのですが、でも、いずれ船坂さんが調べてくださるのだから……と思って、あの時は質問することを控えていたのです。

でも、今日ここで、こうしてすべてを知ることができまして、私はホッとしました。私がこんなに感謝しているんですから、戦死した勘二が草葉の陰で、どんなに喜んでおりますやら……。これで息子も浮かばれます。迷わず成仏できるでしょう……。私が勘二についての真相を知って、こんなに喜んでいるんですから……」

ヨシノさんは嗚咽しながらそう言った。

小刻みに上半身をゆすぶり続け、嗚咽は、しだいに激しさを増していた。

すべてを聞いた今、心の底で、〃勘二、そうだったのか！　母にはおまえの気持がよくわかった。苦しい日も続いたであろうが、あの斬り込みによって得た手柄は、やはりたいへんな功名なのだ。おまえの信頼する部下がそれを立派に証明しているんだよ。迷うことはない、心おきなくご先祖様のところに行っていいんだよ……〃そう言っているヨシノさんの気持が、手にとるようにわかってきた。それだけに、むなしい思いも重なってきて、どうにも耐えられず、私は、ふたたび席を立った。立たざるをえなかったのだ。そんな思いは、この母の方が私よりもはるかに重く、はげしく感じていると思うと、一人で存分に泣かしてあげたかった。それしか何のすべもなかったのだ。

もうあの母の涙が乾いたであろうか……。むなしかった。勝っても敗れても悲惨がつきものの戦争……。一将功成りて万骨枯る……この名言を思うと、さらにむなしさはつのった。

ヨシノさんは、平静を保って、私を待っていた。

「船坂さん。半井さんは九州、井上さんは大阪、藤川さんは兵庫県でしたね。林さんはどこでしたか」

「林さんも兵庫県でした。藤川さんと同じだったと覚えておりますが……」

「ガラゴン島で受けた戦傷は、今でもひどいのでしょうね……」

話はその部下たちのことに移った。

ヨシノさんが案じるように、四人共に戦傷の後遺症で困っていた。特に半井さんは、腰部貫通の後遺症があまりにもひどく、私は戦傷恩給の手続きを教えてあげた。パラオ戦場の勇士たちは、いま国からも敗戦国だという名目で、忘却の彼方に置かれている……。

ともあれ、ヨシノさんの部下に対する思いやりは、かつて斬り込みの最中に、重傷の部下を背に負って行動した高垣少尉の温情を思わせるに充分であった。

私は話の推移を見て、もうこの辺で話を終わらせるべきであると感じた。ヨシノさんのために、高垣小隊の斬込武勇伝の価値づけをしてあげたいと思った。

「お母さん。高垣少尉のことも、斬り込みのことも、その真相がおわかりいただけたと思いますので、あの斬り込みがどんなに価値があるか、それをお話しいたしましょう。

あれはたしか、昭和五年ですから、私は小学五年生、勘二さんも同じ学年の時でした。全国の少年たちに、勇気と愛国心を教えた読物がありました。『少年倶楽部』に連載された日露戦争の実話で、〝敵中横断三百里〟という武勇伝なのです。

日露戦争の天王山としての奉天大会戦は、是が非でも勝たねばならなかった。そして、勝つためには、露軍の進攻にかんする情報が絶対に必要なのです。この情報収集をするために、騎兵隊を使って〝挺進斥候隊〟を作ることになりました。

その命令は、騎兵中尉の建川美次に達せられました。建川中尉は、五人の部下を選抜して、挺進斥候隊を編成しました。

それは、高垣少尉が八名の部下を選抜して、ガラゴン斬込隊を編成したのと、全く同じでした。

建川中尉の目的は、満州に点在する露軍の後方に回って、その動静を偵察し、それを報告することにありました。

高垣少尉の場合は、ガラゴン島に進出して陣地を構築し、飛行場を拡張整備する敵陣に斬り込んで、この敵に大打撃を与え、さらにこの敵を追い払ってしまえ、という命令なのです。

建川中尉の場合は、敵の後方を偵察するため、奉天を中心に、その周囲を騎馬で一巡するのです。その偵察里程は三〇〇里もありましたが、偵察ですから、表面には出ません。だから、危険性も少ないのです。

高垣海上遊撃隊の場合は、常時決死、生還可能性は万に一つ、まさに特別攻撃隊そのものです。

建川中尉一行が敵の後方偵察で得た情報は、作戦上、たいへん役に立った事が認められ、その活躍は畏くも天聴に達しました。その功によって、中尉には破格の恩賜として金鵄勲章功四級を、その部下たちにも功六級を賜わったのです。

時代と場所は異なり、ましてや勝利を得た日露戦争と、完全敗戦の大東亜戦争とでは、当然価値判断も異なります。近代戦において、高垣小隊が決行した斬り込みは、生還率三分の二という難事なのに、敵に与えた戦果、パラオ本島への米軍の北進を停止させた功績は大きく、特に心理的な効果は絶大でした。米軍公刊戦史にも、この斬り込みの事実が記載されているほどなのです。

高垣少尉と同郷だから、そのよしみをもって特別に肩を持つのではありません。十四師団の誉、栃木健児が生んだ勇者として、後世に語り伝えねばなりません」

ヨシノさんは、大きくうなずいた。

「勘二の指揮した斬り込みは、そのように価値があったのですか。私などは、勇敢であったから、決死で戦ったから、そして戦死したから賞讃されたのだそう信じていました。息子がそのような働きをしたことも調べようとせず、ただ、なぜ二階級特進しないのか、そのことだけで頭が一杯でした。そのおろかさがいましみじみとわかりました。

戦争にまけたのですから、建川中尉のように金鵄勲章はいただかなくとも……勘二の武勲が、部下たちと一緒に活躍した事実が、たしかに天皇陛下のお耳に入ったということが、何よりもの救いです。いちばん有難いことです」

ヨシノさんの言葉のとおりである。パラオ司令部のお偉方には、高垣少尉の特進を却下あるいは停止できたであろうが、上聞取り消しは絶対にできなかった。すでに軍隊は無い。だが天皇はご健在でおられる。

私は、ヨシノさんに思いきって告げた。

「当時の新聞には、たしかに『二階級特進、上聞に達した』と発表してあるんです。二階級の件は、軍の都合で暗黙のうちに取り消すこともするでしょうが、天皇陛下のお耳に入ったことは、事実なのです。軍が認めなくても、天皇陛下お一人のご記憶のうちにあるでしょう。解体された軍のことよりも、ご健在でおられます陛下のご記憶のうちにある——これだけはお互いに信じましょうね」

ヨシノさんは大きくうなずいて、

「天皇様が知っていらっしゃる……。そうですね、有難いことです……」

と涙を押えた。

私は急いで、二階の書斎から、当時の電報綴りを持ってきて、二枚の電報を老婆に示した。
「これが、その時少尉の斬込隊に、陛下からたしかにお言葉を賜わったことを示す電報です」

十一月十三日参謀総長ヨリ戦況上奏ノ際「ガラゴン」島ニ対スル斬込隊ノ勇敢ナル行動ニ関シ　御嘉賞ノ御言葉ヲ賜ワレリ
右謹ミテ伝達ス
直チニ謹ンデ隷下《レイカ》指揮下各部隊ニアマネク伝達シ　一兵一軍属ノ例外モナク常ニ積極果断熾烈《シレツ》ナル攻撃精神ヲモッテ各自ノ任務ヲ完遂セシメ　モッテ負託ノ重キニ応エ奉ランコトヲ期ス
集団司令官

普通電報参謀総長あて（十一月十四日）照参電第一五九八号
参電第九〇一号拝受ス
「ガラゴン」島ニ対スル斬込隊ノ行動ニ関シ優渥《ユウアク》ナル御言葉ヲ賜ワル　マコトニ恐懼《キヨウク》感激ノキワミナリ

老婆は、電文を何回も繰り返して読んだ。

昔から、偉人、名将、聖人として後世に名を残した人には、必ずそうならしめた条件がある。その条件の中の一つに、幼少年時代の両親による教育がある。父は精神的な強いものを、母は躾《しつけ》と優しさを、それぞれ分担している。特に高垣少尉の場合は、ヨシノさんが少尉に与えた影響は多いように思われた。私は「お母さんが、特に勘二さんを手塩に掛けて育てあげたのでしょう。だから、勇士が生まれたのでしょう……」と言った。

「あの子は、生来、大胆な質の子供だったのです。十七の時、満州にひとりで就職したのですから、私の教育よりは外地で苦労したせいでしょう」

と謙虚であった。

ヨシノさんについては、勘二少尉の妹さんから私に次のような手紙がよせられていた。

前略　ごめん下さいませ。

お寒うございますが、お変りなくご消光のこととお慶び申しあげます。私、一面識もございませんが、戦死した兄の戦友として、いつも母からお噂承っておりまして、失礼とは存じながら、親しく身近に感じております。

戦後三十年にもなりますのに、兄の霊を慰めていただき、また、老いた両親に何かとお心遣いのほど、嬉しく有難く存じます。厚く御礼申し上げます。ご依頼の母のこと、さっぱりご期待に添えなくて申しわけなく思っております。資料も全焼してしまってますので、何もわかりません。春になりましたら、母が上京いたしますので、その時までめんどうでも、隅においといてくださるようとのことですので、よろしくお願い申し上げます。

明治32年3月1日生れ
大正5年3月宇都宮高等女学校（現宇女高）卒業
大正5年3月十八歳にて高垣家に嫁す。翌年十九歳にして母親となる。

生家桜井家は、代々医業を営み、父親は町長をつとめた人で、九人兄弟の三女に生まれ、ご飯も炊いたことのない育ちであった。卒業と同時に、農家であり、その上、祖父母、両親、弟妹六人、雇人三人という大家族の一員となり、一挙一動、目を光らされる中での生活、筆舌に尽くせぬとは、このこと、今、憶い出しても背すじの寒くなる感がいたします。

「憂きことのなおこの上につもれかし　限りある身の力ためさん」。いつも、この歌をかみしめながら励んだ毎日でした。馴れぬ農耕に牛馬のごとく働き、次々と七人の子どもに恵まれ、親の口から言うのもおこがましいが、どの子も学校の成績が良く、首席で通した子もあり、今のような過保護にも成らず、全く良く働く子等でした。成人してからは次々と軍隊生活に入り、そして勢い余って散ってしまった始末です。

　嫁して六十年になろうとしてますが、走馬燈のように脳裡をかすめるのは、禍福はあざなえる縄のごとしであって、ほんとに嬉しいこと、悲しいことが多くて、有意義な人生でした。常に感謝しながら老後を送っております。お恥かしい次第ですが、では、左にちょっと記しておきます。参考までに。

昭和19年　熱田村婦人部会長に選ばれる。
19〜20年　東京都内の学童六十名、近所に疎開の折協力、都庁より表彰さる。
22年　第二回目婦人会長となる。
〃　社会教育委員。
23年　農地委員（地主代表）に当選す。
25年　〃　に当選（最高点）。

26年　生活改善協力員となる。冠婚葬祭の簡素化をはかり表彰さる。
25〜26年　小学校PTA副会長。
26〜28年　村会議員に当選。
29年　氏家町制となる。社会福祉大会に表彰される。里子二人あずかって世話する。
34年　婦人会長をやめ、顧問におされる。
36年　大田原裁判所内検察審査会会長となる。更生保護婦人会氏家支部長。
39年　国鉄烏山線仁井田駅旅行会副会長。赤字路線のため存続運動をする。
40年　町遺族会婦人部長となる。
44年　部落納税組合長十年勤め表彰さる。
47年　県海外移住協会の役員となる。
48年　検察会長その他いっさいの役職を辞して今日に至る。

以上略歴ですが、勘二兄は母のそんな血を受けてるのでしょう。年が近かったせいか兄が一番好きでした。寛大な人でした。

かしこ

船坂様

飯山　恒子　代筆

ちなみにヨシノさんは六男一女の母である。

長男一郎氏は、陸軍に入隊、帰国直後病死して戦病死扱い。次男はこの物語の勘二少尉である。三男は新平氏、海軍に入隊、戦死。四男は弘明氏、陸軍入隊、復員。五男は良雄氏、陸軍入隊、復員。長女は恒子さん、近郷に嫁ぐ。六男は、茂成氏。現在家長。

五人を軍隊に送り、そのうち三人戦死、無事復員は、わずか二人である。まさに当時名誉とされた、軍国の母であった。


人の一生は棺を蓋うて定まる、というが、ヨシノさんの過去は、智あり、義を重んじ、道を曲げず、人望あり、特に男子におとらざるの気風あり、俗に言う女傑である。ガラゴン島斬り込みの勇士、高垣少尉の人物と行動も、〝この母ありてこそ、この子あり〟の言葉どおり、この母を見て、より鮮明に知ることができるのである。

「親戚でも、兄弟でもないあなたが、肉親以上のことをしてくださいまして、どんなに有難いことか、私は心の中で手を合わせているんです。

私があなたに、勘二のことについて、調べてくださいと、手紙でお願いしてから、もう一〇年近くなります。こんなにくわしく話していただいて、ご恩は忘れません……」

この言葉は、私がこれまでかかえてきた不安を完全に打ち消してくれた。真相を明かすことの功罪と言うべきか。

真相は、いくつもの謎を連鎖的にはらんでいた。二階級特進から抗命、戦場離脱、事故死へと続いた。そればかりか、それに関わった人々が現われた。公刊戦史の記載された日付も問題である。さらに気がかりの問題が、まだ残されていた。それを、ヨシノさんが懸念していなければよいのだが……。その事を問われると、たいへんなことになるのだが……。

「船坂さんにもう一つおたずねしたい事があるんですが……」

とヨシノさんは思い切ったように口を開いた。やはり気づかれたか、案じていたことに……。

「お話の中で、部下の方が、ガラゴン斬り込み以外は、これという斬り込みはしておりませんとおっしゃっていましたね。実は、勘二の斬り込みの回数が気になりますので……」

ついに触れられたのである。いいかげんな返事は禁物である。一連の話は戦史であって、空想でも創られた話でもないのだから。

「お話によれば、勘二が参加した斬り込みは、実際は一回だけで、それがガラゴン島斬り込みなんでしょう。……でも、公報によると、『第一回ガラゴン島斬込、第二回海上遊撃隊特攻』となっています。この二回が、お上から来た戦死公報に書いてあったのです。ですから、勘二のお墓にご案内しました折にごらんにいれましたように、勘二の墓石には、その二つの戦果を大きく深く刻み込んだのです。あれが、あの一つがウソの戦果だったら、たいへんなことになります。……私ども、村の人も、近郷近在の人々も、みんなあれを信用して、三十何年も合掌していたんです。あの大理石だって安いものではないんですよ。まさか政府は、私の倅に石の勲章をおしつけたのではないでしょうね……」

さすがの男まさりのヨシノさんも、額にしわを寄せて、困っている様子であった。

たしかにその墓石を見た時、すでに困ったことだと思案していた。部下たちもそれを見て不審な顔を見合わせていた。

「息子の信頼する部下の皆さんが、小隊長殿は、二回目の斬り込みには参加しません、あれは高垣小隊長殿がなくなった後のことなのです……たしかそう言っておられたようでしたが、私の聞き違いでしょうか?」

決定的な質問だった。やはり、あの時、半井さんの私への耳うちを聞いていたのだ。ヨシノさんは、〝私の聞き違いでしょうか……〟と言っている。それは、その言葉は、その点を確実にしてほしいと私に催促していたのである。

たいへんな問題だと思った。ことによると、あの墓石を刻みかえるか、新たに建てかえるかするのでは?……。

「戦場では、殺すか殺されるかです。当時、師団司令部はパラオ本島でした。高垣小隊はマカラカル島にいて、距離は五〇キロはありましたでしょう。だから、連絡の間違いが無きにしもあらずです。あるいは日付の間違い、部下たちの記憶違いも考えられます。いずれにしましても、高垣少尉がいただいた戦果の感状ですから、あれはそのままにしておかないと、地下の高垣少尉が困ります。ですから、そのことは気にしてはなりません。部下のみなさんはいずれも下士官でして、師団長のいる司令部の考えや方針については、何もわかりません。あくまで高垣少尉のものなのです」

ヨシノさんは最初不可解な顔をしていたが、私が強調する一段と高い声に驚いて同調してしまったのか、もっとも、と了解してくれたのか、「その通りにいたします、あのままにしておきましょう……」と承知してくれた。

戦場は一般に考えるような単純なものではない。あるいは司令部の特別命令によって、部下たちには内緒で作戦に参加していた事だってあるのかもしれなかった。じつは私も、〝あるいは〟と一度は思ったのだった。

それもあって、私は、防衛庁防衛研究所戦史室に行って確かめる必要を感じたのだった。

というのは、戦史室発行の『公刊戦史』には、いまヨシノさんが気にしていた第二回の海上遊撃隊については、いっさい触れていないことに気付いていたからである。丹念に経過を追ってみなければ、ヨシノさんにも、かつての部下たちにも申しわけなかった。

この戦史は、国の編集する、最も権威のある、正確さで定評があるものであった。編者はいずれも選ばれた戦場体験者で、優秀な人ばかりだ。第一期全一〇〇巻のうちすでに九十数冊が発行されていた。その一四巻、中部太平洋陸軍作戦の二巻が、ペリリュー、アンガウル、硫黄島の戦史である。この中に、先述した高垣少尉の戦記も含まれる。

戦史室では、高垣少尉に関する記載の出典を、左記のように明記していた。

六篇の資料、つまり、①中部太平洋方面作戦記録、②十四師団参謀部陣中日誌、電報綴、作戦命令、作戦計画、師団長訓示、状況報告、③米国海兵隊戦史（ペリリューの襲撃）、④南洋第六支隊戦車隊長、福本正義中尉の回想、⑤戦訓特報第三十九号ペリリュー・アンガウル島作戦教訓、⑥海軍電報綴（戦時中各艦隊から発信したもので海軍省人事局保管）等で、いずれも貴重なものばかりである。

さて、このうち①②は十四師団関係であり、高垣少尉に関しては最も詳細に記録してなければならないものなのである。しかし、こと高垣少尉のこととなると、ここでもやはり触れられていなかった。なぜなのか。

しばらく考えてもわからなかった。けれども、著者の名を見て、私にはすべてが納得できたのであった。①②は昭和二十一年九月、第一復員局で調製したもので、第十四師団参謀長多田督智大佐と他の参謀大佐の援助のもとに、主として日記帳、メモならびに一部資料を参考に作成したものだったのである。

つまり高垣少尉に対して、第二回斬り込みの大戦果を、武士の情として、特別に贈った関係者たちなのである。特別の善意によるこの奇蹟的な戦果を、この記録に書きとめておかなかったのは、考えてみれば、破格の特典であったろう……。

ヨシノさんは、改まって、「ほんとうの死因をお教えください」とたたみかけてきた。だが、このヨシノさんのききたいことこそ、私には絶対に答えられないことなのだ。それだけに、その声は、私の肺腑に突きささるように響いた。

　それは、高垣少尉が爆死した時の、ただ一人の目撃者だった林伍長からその秘話を耳にした時点で、〝その爆死は事故でなく、自決でしょう……〟と私が事故死を強く否定した、そのことに起因したたいへんな問題なのだ。

　根拠もなくして、誰が事故死か自決かを決定できようか。その事実が判明すれば、高垣少尉の真実の胸中が、その人物が、より明確にわかる。その謎を解かねば、私に課せられた調査の結論は出ない。しかし、これ以上の真実を知ることは、奇蹟でも起こらないかぎり、望んでも無理であり、所詮かなわぬことなのだ。

「ヨシノさん。軍隊はすべて厳正です。林伍長の証言が正しいかどうか、それはその場にいた軍医の責任によって、厳格な検死があったはずで、その軍医が誰かわかればはっきりするのですが……。いずれにしても、林伍長と立会人の誰かが事故死と断定しているのですから……。その二人の証言をくつがえすための確固とした新事実でもあればともかく……」

「よくわかりました。でも私には、あの子のことは、あの子の気持はわかるのです、なんとなく感が働いてくるのです、わが子のこととなりますと。ですから、事故死とは思えないのです……。もしわかりましたら、教えていただけませんか……」

その日、勇士の母は、新たな難題を私に課して、弓なりの腰をのばしながら、私の家を去った。

三〇余年前の、ここ日本から三〇〇〇キロも離れた南洋の孤島で起こったことを、いまさら正確に知ろうとすること、それは気の遠くなるような難題であった。

だが私は、これから幾年かけても、それをぜひ明らかにしなければなるまい。

彼岸が過ぎて間もなく、ヨシノさんから、「今年とれた山菜を送りました。これは勘二が好んだものです。昨年差し上げました植木は全部根づきましたか……」との便りが届いた。

高垣少尉の件については、何も触れていなかった。触れないということは、暗に、まだ納得できないものが残されていることを示すとしか思えなかった。〝あの子が事故で爆死するなんて、私には信じられません……〟そう言ってうつむいた、あの日のヨシノさんの姿が、執拗に浮かんできた。〝勘二の戦場での話の概略は、お聞かせくださったので、大体わかりましたが、本にしてくださるといった、その発行がいつごろになるのか、それが早く知りたいのです……〟。

二つの要求が、山菜と植木の文字に変わっているとしか思えなかった。しかし、どちらも、たやすく実現するものではない。そう思うと、私の心は、ますます波立ったのである。

# 遺族の宿願

老婆ととりかわしたいくつかの言葉が、いたく気になる日が続いた。

仏縁がそのまま奇縁となって互いに信頼で結ばれた彼女との間には、――戦場における高垣少尉の死因の調査と、彼の戦歴の出版――この二つが、ごく自然のなりゆきのように新たに成立してしまった。

しかし、経過を語るのはたやすいことであるが、結論を見いだし論評を加えることは至難な業であった。出版についても、容易ではないことを、私自身出版関連事業にたずさわる経験から、身にしみてわかっていた。

私は長いあいだかかって書きためておいた原稿を手にして、焦燥する心を押えた。

あの日、老婆に報告した内容は、たしかに事件の核心には触れていた。それを、はたしてどう理解してくれたであろうか。

報告の結論を、私は、

「……高垣少尉の位牌の前に進み瞑目合掌した。仏壇を囲んで座るかつての少尉の部下たちが、呼吸《いき》をころして正座し合掌していた。私は心の中で少尉にことの始終を報告した。それは遺族への報告でもあった。私のまぶたの中に、ガラゴン島の夢の中に立った、あの少尉の姿がほうふつとしていた。少尉はかすかに笑みを浮かべているようだった。すべての報告は終わった、と私は感じた。事件の真相は、意外な結末に終わった。だがしかし、最も重要なことは、一人の勇士の武勲が、いかに偉大であったかにある……」

というふうに結んでいた。

ところで、老婆は、武勲よりも、戦死の模様を知りたい、と願っているのである。

〝死んだ子の年を数える〟という日本の諺がある。死んだ子が今生きていればいくつになっている、と年を数えることで、いってもせんない過去のことにこだわって、ぐちをこぼすおろかさを諭《さと》したものである。だが、親にとっては、死んだ子も生きている子も差別なく、わが子に変わりない。むしろ生きている子よりも愛着は深いであろう。したがって、亡くなった子のことについては、何もかも知りたい、いや知らねばならぬと願うのである。

一日千秋の想いでいるであろう老婆の要望に、一刻もはやくこたえること、それは、四人の部下たちの願いにこたえることでもあった。ガラゴン島で現われた高垣少尉の亡霊が、私の身近に迫って、〝早く約束を実現してほしい！〟と、せきたてているようにさえ感じられた。

私は、書きあげた原稿をかかえて、いくつもの出版社を訪ねた。だが、どこの出版社も採用してくれなかった。

私は泣きたいような思いで友人に話した。彼は、仏教書を出す発行所に見せるべきだという。なるほどと思った。文中には亡霊と私との対話があったのである。

私が最後に依頼したところは、戦記専門の光人社なる出版社である。

ここの代表者は、戦場と死霊との関係は当然あるという。これはベストセラー『八甲田山死の彷徨』よりも価値のある戦記だ、という評価で出版は決定された。この年五十二年の一月末のことであった。発行は六月の末と予定された。

私がその原稿につけた題名は、最初、『敵前逃亡』であったが、四人の部下たちの気持も考慮して、『ああ斬込!!　高垣少尉の奮戦』と改めていた。それが出版社の意向によって、さらに『玉砕の孤島に大義はなかった』に変更された。もちろん私も同意してのことなのだが、その内容には大義が充満したものであると信じていただけに、私ははじめいささか驚いたのであった。

私は五味川純平さんの『虚構の大義』を読んでいた。ほんものの関東軍が昭和十九年にすべて南進してしまったあとの、補充された関東軍のことを書いたものである。軍隊でまともな教育を受け、鍛錬された体験を持つ者にとっては、感心できない内容であった。それだけに、この「虚構の大義」と私の「大義はなかった」の内容を同一視されたら困る、と思った。

だが、編集長はその辺も心得ていた、〝真は逆なり〟でいこうという作戦なのである。大義はある、とすれば、大義はあると信じる者しか読まない。大義はなかった、とすれば、あると信じる者以外の読者も吸収できる、というのである。そのへんの世情に通じた編集長の考察どおり、ひろく読者にアピールできる題名であるかもしれない、と私は思い直した。

だが、私はなおも迷いと悩みのなかにあった。

単行本として発行されれば、こんどは老婆も家族も必ず熟読するであろう。一連の話を耳で聴くことと、手許にある本を完読するとでは、その理解の度合には雲泥の差がある。熟読することによって、新たなる推理も働く。〝あの子の気性では事故などでは絶対に死ぬものですか〟といった肉親の反応が予想される。そうなると、もっとその点を調査すべきだとか、三十何年もかけてやっと戦死したとあきらめたというのに、静かに眠っている仏をゆさぶり起こすようなことをなぜしてくれたのかといった非難も覚悟しなければならない。

いままでの調査にだって、一〇年以上もかかっているというのに……。

加えて、部下たちとの盟約もある。かりに、たしかな証拠をえて立証できたとしても、私の立場もある。かつての郷土部隊である十四師団の一員として、あの軍旗のもとで尽忠報国を誓い、身を鴻毛の軽きにも置き換えて、アンガウル島で敢闘した経験がある。私が在隊中に、この師団から受けた恩恵は、あまりにも大きい。その師団を批判誹謗することは私の本意でない。戦友や上官に対する道義もある。また、かつての関東軍の一員であるという自尊心も強い。だから、軍部の恥部暴露は極力さけたい……。

私の気持は、ともすれば、もうこの辺で沈黙を守るべきであろうという方向に傾いた。たとえ老婆がどう思おうとも、〝事故死でないように思います、自決だと思いますので、どうか調べてください〟と懇願されても、ほんとうに私にはどうすることもできないのだ。原稿を本にするためだけでも、いらいらとまどい、恐れ、焦燥しているのに……。

　考えてみると、こういった不安の種は、前年の夏に届いた老婆の手紙によって、すでに予告されていたようにも思われた。

# 白木の遺骨

初校ゲラは、私の焦燥や不安をよそに、速達で届けられた。

ゲラは幸いに二部あった。その一部を、待ちわびているであろう老婆に送ることにした。

私がいくら悩んでも、焦っても、予想される事態は、先方の意志によって決まることである。ヨシノさんと遺族がこの内容をいかに理解するか、問題はそこから起こる。とりこし苦労はすべきではない――私は、かく自らを諭していた。

高垣少尉の霊だけは、必ず喜んでくれるであろう――かく信ずることだけが、ただ一つの救いであった。

一刻も早くゲラが届くようにと祈りながら、私は郵便局に急いだ。老婆との約束のうち、出版の件だけは進行しつつあると思うと、わずかでも気が軽くなった。

発送を終えてからの数日、私は新たなあせりを覚えた。もう届いたろうか……。どの辺まで読まれたであろうか……。どう感じているであろうか……。やがて、すべてをことなく納得してほしいという、祈るような心境の日々に変わった。

ゲラを発送してから一週間は過ぎた。もう読み終えたであろう。私は一方的にそう決めてしまった。

〝ヨシノさん！　お約束の原稿を、いよいよ本にしますので、はじめて印刷したゲラをお送りしました。それを製本しますと、まもなく本ができあがります。ところで、もう読んでくださいましたか？　いかがでしょう？〟

受話器を握る私の手はふるえていた。

やはり私は不安を自ら確かめようとしていたのである。〝もう読んでくださいましたか？〟——この言葉は、私にしてみれば、単刀直入に、ヨシノさんに、全文を通じての結論を問うものであった。喜んでくれたのか、悲しいというのか、困ってしまっているのか、こんなにさまざま書きたてたものを本にされては困ります、というのか……。

死者に対するプライバシー、この問題を私は、真剣に考えねばならない立場に置かれていた。こじれたら、遺族会の問題として扱われないとも限らなかった。それだけに、慎重に考えたのであったが……。

喜ぶか？　怒るか？　このいずれかが必ずはね返ってくるであろう。それがいま老婆の口からじかに伝えられる、その瞬間なのである。

老婆は躊躇しているようであった。やがて〝まあまあ……実は……、このゲラをいただいて……〟と、手許に置いてあったのか、手にして話している様子が伝わってきた。

「私も家族たちも、これを見て驚いてしまっているのです。こんなにしていただいて……。勘二のことが、ほんとうに本になるんですね……。私には夢としか思えないのです。こんなにしていただいて、もったいないのです。なんとお礼を申しあげたらよいんでしょう……。

船坂さん！　お笑いにならないでください。頂戴しましたこの初校を、私は毎晩抱いて寝ているのです。あの勘二が、この中に生きているとしか思えませんので……。息子が三十何年ぶりかで、やっと戻ってきてくれたとしか思えません。そして私の手に抱かれているとしか考えられないのです」

最初のはっきりした話しぶりは、途中から嗚咽に変わっていた。受話器を耳にあてて、一言一句を正確にとらえようとしている私に、老婆の流す熱い涙のぬくもりが、そのまま伝わって感じられるようであった。

私は、意外な老婆のことばを耳にして、厳粛な感動を押さえきれず、思わず眼頭を熱くした。

「毎日少しずつ拝見していますが、まあまあ……、よくこんなにくわしく調べてくれましたね……。私がお願いしてから、一二年目になりますね。たいへんなご苦労をかけまして……、ご恩は終生忘れません……」

わずかな間を置いたのは、涙をはらう時なのであろう。

「少し読みますと、すぐ涙で老眼鏡が濡れてしまうのです……」

また、間をおいた。

「早く、できれば一挙に読みたいのです。でも、読むと涙が流れだしてどうにもならないのです……。

老眼鏡が曇るくらいならよいのですが、濡れてしまうのです。明日は町に出て天眼鏡を買ってきます……。では、今日はこれまでにしていただいて、明日は私からお電話をおかけいたします」

老婆は、ここまで告げるのがやっとのことのようであった。

翌日、ヨシノさんから電話があった。「今日、やっとのことで、私の顔写真の出ているところまで読みました」と告げてきたのである。

私は内心びっくりした。彼女の写真がでているページは一三ページなのである。まだ高垣少尉のことにはふれてない。なぜ、もっと早く読まないのであろう。それにしても、昨日の電話での感激は、どこを指していたのであろう……。私は一瞬首をかしげて、老婆の昨日の言葉を疑いだした。

私なら二〇〇ページの本ならば、三時間あれば楽に読める。この速度にくらべると、あまりにも遅い。八〇に近い彼女の視力のおとろえもあろう。ましてや、一行読んでは涙にくれるというのだから、一日二ページ読むとして六日……。そうかもしれない。農村の人は、めったに本は読まないとも聞く……。

かりに私の息子が勘二少尉であり、私が生みの親として立場を逆にして考えてみよう。私がその歳だったとすれば、視力がおとろえていたとしたら、私だって老婆と同じようなことになりはしないか……。おぼろげな視力で、はじめて知る息子の真相、それを一字一句かみしめて読みとる、そうして納得せねば気がすまないだろう……。なるほど、私にもいまは納得できる。無理もないことだろう。

「ヨシノさん！　お宅にテープレコーダーはありませんでしょうか？　おありでしたら、私がその本をテープに全部吹き込んで、お送りいたしましょうか？」

と私はいわざるをえなかった。ヨシノさんは、一三ページまでしか読んでいない。一三ページといえば、調査の依頼があったので、パラオの生還者たちに高垣少尉のききこみをはじめたというところで、まだことの要点や真相には全くふれてはいないのだ。

少尉が思わぬ苦境に引き込まれる、事件の発端でもある「失われた大義の末」の項を読んでもらえれば、あとは老婆が読まずにはいられないことが予想された。事件の真相が老婆にもわかるように、そのために順序だてて書いたのだから。いっそテープに吹きこんで、と思ったのは、私としては当然のことだった。一日も早く老婆からの結論がほしかったのである。だが、老婆は、私のこのあせりなど、全く無関心のようであった。

「いえ、テープというそのお気持は有難いのですが、息子のことですので、しっかり読んであげたいのです。毎日少しずつ拝見すると申しあげたのも、そのためなのです。あの子の気持は、私がいちばんよく知っていますので、もし、違って書いてあれば、そこは私にもわかりましょう。それよりも、私は著者の船坂さんを全面的に信頼していますので……」

そういって、老婆はこの間と同じように、声をつまらせていた。

「お父さんの与一さんは、ごらんになっておられますでしょうか？」

「ハイ、私が読みつかれますと、すぐ代わって読んでおりますが、なにぶん私よりも眼が悪いので、あまり進みません。主人は、文章がむずかしくて、どうにも理解できない、といって、時々うなっています……。お礼状を書いて送りたいのですが、手が痛くて書けませんので、全部読みましたら、お手紙を差し上げます」

父の与一さんは、旧軍人で、軍隊のことはくわしいはずである。その彼が、文章が理解しにくい、そういってうなっているという。私には、この父の内面が推察できる。そのうなる声の意味もわかる。指揮官としての倅が、苦境の中にあって、沈着冷静、常におのれの立場を見極めつつ、可愛い部下を玉砕から守り抜き、抗命をも辞さぬ剛胆さで行動し、その後も米軍の陣中に斬り込んで獅子奮迅の敢闘を続けた。あっぱれな息子の勇気を賞讃しない父はいないはずだ。その活躍の一つひとつに納得するたびにうなり声をあげるその心の内奥にあるものは、〝勘二！　よくぞやった、またやったね〟と倅勘二少尉の霊に応える父の愛情にほかならないであろう。

五月二十七日、光人社より、単行本として完成した実物見本が、一冊だけ届いた。

私はすぐ速達にして、ヨシノさんに送った。ゲラ刷りで、あのように喜んでくれたヨシノさんが、さらに驚いたり喜んだりしている姿を、まぶたに浮かべていた。

六月三日ヨシノさんから速達が届いた。

前略二十七日付けの速達便で発送されました『玉砕の孤島に大義はなかった』を三十日正午に拝受しました。開封してびっくり、見てびっくり、幾度も熟読させていただきました。

何とも、言葉も出ません。涙も出ません。大きな夢か幻かと、これが息子の真相なのかと――。たいへんなことだったと。勘二の最後がこれだったと――。雑感一度に胸に迫りました。

仏前にあの戦記を供えまして、勘二と語り合いました。

船坂様が戦傷で痛むからだを押えつつ、調査していただきましたこと、さぞかしご苦労の大きかったことと感謝し、お礼申しあげます。これで勘二も、ようやく喜んで成仏できます。重ねて深謝いたします。

かしこ

六月一日

ヨシノ

文面には「幾度も熟読しました」とたしかに書いてあった。私には重みのある言葉である。

息子の三〇余年前の真実を、いまようやく知りえたという、悲願の達成の劇的なしらせであった。

それを知るために老婆は調査を依頼した。それにこたえて私は書いたのだ。ともに意義ある瞬間であらねばならない。この便りの記念すべき時を、より早く得ようとした私の焦躁は終わった。老婆にしても、同じ思いの日々であったろう。初稿を発送して以来、指折り数えた不安の日々の終末をこうして告げてくれたのは、老婆の厚意にほかならないのだ。

繰り返して手紙を読む私を困らせたのは、老婆の受けた衝撃が、あまりにも大きく深いことだった。この日の痛手を予想して、かつて原稿にもとづいて、ことの大筋を伝えておいたのだが、活字の魔力、筆の力というものは、意外に人の心を刺激するものである。いや書き方ではない、高垣少尉の歩んだ波瀾の多い異常ともいえる戦歴には、玉砕実戦を経験した私でさえ驚嘆させられたのだから、肉親である母親の驚きがいかに強烈であったかは、誰にも推測がつこう。

「言葉も出ません。涙も出ません。大きな夢か幻かと……」

三二年前に戦死の公報を手にした時の衝撃と、このたび受けた心の痛手とは、全く異質のはずである。虚構の公報を受けた時と、ほんものの報せを受けた今、――この間の三〇年余の空白を、長期にわたる母の心の苦しみを、誰がどう慰め、保証してくれるのか……。老婆は決してそうはいわない。「雑感一度に胸に迫りました」と言っている。

一人の人間の死について、いや息子の戦死について、二度も心を痛め嘆かなければならぬ母の心、遺族の心を思うと、心が痛む。戦争の悲劇は、こういう形でいまでも続いているのだから、戦争へのうらみつらみは深い。もしも、全国の戦死者の最期の実相を、全てくわしく調査することができると仮定すれば、一枚の公報によって知らされた戦死は、真に美化すべき価値があるのか、ほんとうに勇ましいもので、大義のための戦死だったのか、判断に苦しむ事態も生じよう。同じ戦死でも、敵によるもの、味方によってなされるもの、銃殺されたもの、自決したもの、事故死、餓死、病死、同士討ち、その他さまざまの死がある。ただそれらは永久に秘められるのが、戦争の実態なのである。遺族という名の人々の哀しみは深く大きい。それだけに、戦死者に対する慰霊は、あくまで国家予算で行ない、国民あげて行なうべきなのである。戦争による被害は、戦勝国も敗戦国も、同じように痛手を蒙るものである。だから、世界中で平和の有難さをかみしめるべきなのだ。そう思いながら、私は、老婆からの便りを繰り返して読んだ。

老婆があれほど気にかけていた、息子の二階級特進についての疑惑は、晴れたのかどうか。そのことには、じかにふれてはいない。それが結論として得られていたのなら、私はこの便りで、老婆がすべてを納得してくれた、これで事件のてんまつを見きわめられた、という喜びを感じられたろうが、そう信じていいのかどうか、まだ半信半疑だった。その便りには、勘二は事故で死んだとは思えません……その点についての……などとは書いてなかった。なぜだろうと思うと、不安であった。不安が消えぬかぎり、焦躁はまた続くであろう……。

六月四日付の便りが届いた。第二回の読後感想あるいは前便の補足追加であろうか、それとも、何か不安な点でも……。


その後、感じましたことを一言申し述べます。私が驚いたことは、どうしてかようにくわしく調べることができたのか……ということに恐縮しております。船坂先生が従軍記者として息子と一緒に戦場を駆け巡ったとしか思えません。よくぞまとめられたものと、神様の仕業のように感じました。

当時のことをいま静かにふり返って申しあげますと、何もかもわからなかったことが、不思議でなりません。

ある日、突然に勘二の戦死の公報が届けられました。一枚の紙片では息子の死など信じられません。あの活発な子が死ぬなんて……半信半疑でおりますと、やがて役所から通知がありまして、村の小さなお寺に出むきなさい、そこで息子の骨を渡す、というのです。不思議なことに、縞《しま》の風呂敷を持参せよ、というのです。

骨を渡すといわれました時に、はじめて公報を読み返しまして、とうとう本当に死んでしまったのか……そう感じました。

お寺に参りますと、骨箱を渡されたのですが、箱は白布に包んでないのです。不思議に思いました。なぜ息子の骨箱が白布に包まれなかったのか不審に感じました。でもこれが息子かと思うと、涙ばかりが先に立って、なぜ白布に包まれないんですか？　そう質問することもできなかったのです。持参した縞の風呂敷に勘二の骨を包み終った時、「なるべく目だたないように、道中かくして持ち帰れ‼」といわれ、こっそり渡されたのです。その時、お国のために戦死した英霊をなぜこのようにして……と疑問は持ちましたが、日本の危急存亡の秋《とき》ですので、すべて国のため、と思って一生懸命涙を押えていました。

でも、いまやっとわかりました……。白布に包まなかったのは、息子は戦死でなく、事故死として扱われていたのです……。その上、道中かくして歩けとまで軍から指示されていたのです……。何ということでしょう……。

でもまことに不思議なのです。そのころでした。朝日新聞と下野新聞に、息子の戦果が大きく書かれて発表されたのです。そして、忘れもしません、息子の活躍が畏《かしこ》くも天皇陛下のお耳に達して、二階級特進とはっきり書いてありました。

しかし、その後も、誰一人戦友の来訪も、上官、部下の来訪もありません。私は不思議なこともあるものと、それから懸命になって、息子の二階級特進のこと、その他の消息について自分で調べようと、県庁の世話課や厚生省関係を廻り、勘二のことをきいて歩きました。足を棒にしてつかれはてた私が真剣にたずねる質問の返事は、さっぱり要領を得ないことばかりでした。私が絶望しておりました時に、船坂先生がテレビに出て、中部太平洋の玉砕島に収骨に行かれたことを見まして、すぐ調査をお願いしたのです。

親戚でも肉親でもない私の手紙など見てくださるかどうか、おそらく九分九厘はだめでしょうと思っていました。すてる神とひろう神がいなさるとか聞いたことがありますが、私はほんとうに幸せでした。

お願いしてから十二年経ちましたが、いまこうして息子のすべてが明白になったことは、夢としか思えません。

ほんとうに有難うございました。

勘二に代って厚くお礼を申しあげます。

四日の夜　　　　　　　　ヨシノ

老婆は真相を知った上で、三二年前の苦悩を〝不思議なこと〟として回想している。当時、亡くなった人まで差別扱いにした軍部への老婆の静かな怒りと反発を、私は興奮して読んだ。

六月六日になった。高垣少尉の本『玉砕の孤島に大義はなかった』が全国で市販された。多くの読者から電話で読書感想を伝えてきた。「思い切ってよく書いた」「感動した」の連続であった。特に下級兵士たちの激励をかねた賞讃の声が多かった。

彼らのパラオ諸島での筆舌ではあらわしえない苦労の連続その怒りとうらみつらみが、人間以下の扱いを受けた憤りが、この本の何ページかに書きあらわされ、言葉になったとしか思えなかった。「上層部は威張りすぎた！　同じ人間として扱わなかった！」という率直な声が、あまりにも多いのに驚かされた。
「女をかかえていたのは井上中将だけではありませんよ‼　他の参謀も数人かかえていましたよ」いもづる式にお偉方の名前が飛び出して来たのには、また驚かされた。女の問題はおろか、ほんとうにそんなことが上層部でなされていたのであろうかと思うような情報が続々と入った。それらをぜひ書いてほしいと嘆願する者の多いのには、心が痛んだ。

中でも困ったのは、パラオ諸島戦域以外の人たちからの情報を耳にしたことである。たとえばインパール戦場の生き残りだという下士官は、「牟田口軍司令官は次々とかかえこんだ女が十数名いたのです、その一覧表の正確なものがあります、それをぜひ書いてください」というのである。

これらの訴えは、悲しい兵隊たちが三十何年も心の底に秘め込んで、どうにもならないまま持ち続けてきた鬱憤であり、極限の戦場で味わったむしりとられた人間性への反発であり、戦争という巨大な悪魔への反抗なのである。これはひとり生還者たちのことでなく、いま天にある英霊たちも含めての叫びなのではあるまいか。その頃私に寄せられた手紙を一つだけ紹介する。

（前略）まず言えることは、私たちは同じことを考え、同じことをやっているということです。南と北、戦闘部隊と非戦闘部隊、戦場と捕虜収容所、経験した仕事は戦闘と科学技術と機密情報関係と、ちょうど何もかも逆ですが、やはり私たちは同い年で、しかも関東軍の一員であって、戦争の真実を、自己の体験を正しく人々に伝えること――特に若い人たちに知ってもらうこと、これが、真の慰霊だと考え、執念をもって実行していることだ、という点です。（中略）

私は魂の存在には半信半疑なのですが、こういうことがありました。私の親友だった旧中（旧制中学）時代の男が二人、南方で戦死しました、一人は海軍の短現（短期現役）で、スマトラで石油掘りをやっていたのですが、皆んな逃げ出したあと、その男一人のこって、自分の掘った石油をタンカーにのせてシンガポールの沖にさしかかったところ、敵潜にみつかり、ドカーン！　焼き殺されたのです。もう一人は外務省に入り外交官の卵でしたが、妙なハガキをよこしたのです。「オレはジャングルで死ぬ」と。その通りになったのです。彼は召集され、レイテ島の山の中で餓死しました。

私は帰ってから、仙台の東北大金属研究所に復職してから、肺病とまちがわれて入院しました。そのとき、二人の夢を見たのです。海軍の男は、ジャングルの中に建てられた円い石の塔の頂上にいました。しかし、口をきかないのです。そのうち姿が見えなくなったので、私はその男の名前を呼びながら、塔の石段を下って行きました。私の叫び声が塔の中にこだまして、その声で目がさめました。レイテ島の男は、ジャングルの小屋の中にいました。いくつも部屋があって、その中にはまっ黒になった死人がいました。彼はいちばん奥の部屋にいました。しかし、やはり口をきかないのです。彼はスケッチブックを黙ってさし出しました。それには、口や耳や目が、いっぱい描いてありました。「そうか、お前は、こういうものが欲しいのだな――」と、私はあわれになりました。それからしばらくして……夢のつづきだったのでしょう……私は赤羽のホームにいました。私の前を、兵隊をいっぱいのせた軍用列車が通って行きました。その中に、その男の姿があったのです。鉄砲を持って、元気いっぱいでした。「オイ、どこへ行くんだ?」とききますと、「オレたちをこんなにした奴らをやっつけに行くんだ!」と、今度はハッキリ答えたのです。

私は外出すると、市電のホームに立っている時、フラフラと、自動車の列にとびこみそうになったことが何度もありました。彼らが呼んでいたのかも知れません。だから私は、彼らが言えないことを言って、彼らの仇を打たなければならないのです。

大勢の人間を殺した元は何か、それを徹底的に究明しなければなりません。はからずも、船坂さんも、同様のことをやっておられるわけです。

悪質な連中ばかりのさばっていた軍隊、非科学的な軍隊、それが高垣少尉のような立派な指揮官を殺したのです。（中略）

「敵前逃亡」については、私たちもそうです。部隊の約半数は朝鮮の国境に行っており、部隊長もそこにいたのです。本来ならば、もっと早く、私たちも移動していなければならなかったのです。そのブー助（部隊長）が、「国境を死守せよ」などと、勝手なことを言ってきたので、留守部隊長石坂中尉は、ペーチカの中でそんな電報燃してしまったのです。何しろ、軍通信はどっかにすっとんでしまい、証拠なんかありゃしません、それで、トラックにのって、兵舎に火をつけて逃げてしまったのです。もう少し遅れたら、イチコロでしたよ。ブー助、私たちを「卑怯者！」とののしったくせに、自分は、ソ連機が高空から偵察にくると、大あわてで副官と警備兵二名をつれて、ジープにのって洞窟めざしてすっとんで逃げるわけです。皆んなゲラゲラ笑いました。どこでも、同じだったのですね。

高垣少尉は殺されたのです。悪質で非科学的な軍に殺されたのです。たった一人だけで、狂った連中と闘い、兵器の改良・発明に命をかけて事故にあったのです。

尊い死といわなければなりません。（中略）

高垣少尉も、これで浮かばれるでしょう。

敬具

六月六日

松崎　吉信

船坂弘様

六月中旬、ヨシノさんから電話があった。「勘二の卒業した村の小学校の校長さんが、あの本を読まれまして、たいへん感激されました。勘二の勇戦の模様を生徒たちに話してくださるそうです。私はたいへん嬉しく思います……」と。

その後また電話があった。

「ここ数日、村の人々から電話がありまして、〝勘二さんの本を読みました。おめでとうございます〟といわれるんです。私はそのたび泣かされます。電話は毎日のようにかかってきます」

私に最初はよくわからなかった〝おめでとう〟の意味は、息子さんの謎がとけて、さっぱりした気持になれて〝おめでとう〟、という意味であったのである。老婆の声は嬉しそうに聞こえてきた。

続く手紙には、「嬉しい手紙をいただきました。ぜひともみていただきたいのです」という添状とともに、近隣の町の名士見目《けんもく》庸太郎さんの毛筆で巻紙に書かれた鮮やかな文字があった。

（前略）数名の部下を率い数百人の敵陣に斬り込んだ時の覚悟は到底常人のくわだて及ぶ処ではありません。

鬼神の技であり敵を粉砕し凱歌を奏したのですから爆弾三勇士に勝るとも劣るものでありません。

まさに軍神です。

孫子の兵法もこのように教えるでしょう。爆死の時も親心のなせる結果です。

ほんとうに崇高な精神です。（後略）

六月下旬には、再び老婆から便りがよせられた。

「同封の手紙をいただきました。あまりにも立派ですので、先生に一目お見せいたしたく思い、お手許へお送り申しあげます。ご覧いただきましたら、おり返しお送りください。

これを大きな額に納めまして、勘二のいる仏前に掲げ置きまして、永く子孫に伝えたいと思います。

お蔭様で、広く息子のことが知れ渡って、親としてこの上もない喜びを感じております。取り急ぎご覧ください」

とあり、巻紙には、墨痕あざやかに、次のようにしたためてあった。

(前略)さて私は東京に住む一会社員で、旧陸軍中野学校出身の一軍人であります。戦後はあらゆる戦記を読むことを生甲斐としていります者でございます。戦争という極限状態の中で、日本人がいかに善戦敢闘したか、その闘魂や勇気、指揮統率力を確認するためであります。(中略)

おそらく、今までに幾百冊もの戦記を読みましたが、この本の内容の持つ勇気溢れる戦闘の実録、特に貴息子・高垣勘二中尉殿の立派さ偉大さには全く驚嘆してしまいました。

かつての日本軍将校の中に、かくも沈着冷静にして剛胆、勇猛果敢にして、しかも部下を愛し、かつ絶大なる勲功を残し、そのあっぱれなる戦歴は、日清日露の戦役、満州支那事変を通じて聞いたことはありません。

この稀有の英雄を生み育てられた立派なる御両親様を推察して至極感動を覚える者であります。

思うに敗戦国に二階級特進などいただかなくとも、かように執念を持つ著者によって、当時の真実の御子息様の敢闘ぶりを、今広く世に発表されたことが、当時の二階級特進に優るものであると痛感する次第であります。

書名は〝大義はなかった〟とありますが、この本ほど、大義名分を明らかにしたものはありません。

御子息様が自ら信念を燃やし続けた大義は永く私どもの心によみがえらせ、そして燃えつづけることでございましょう。（後略）

高垣勘二中尉殿の御両親様に重ねて感謝と敬意を表する者であります。

敬具

六月二十五日　　　　　　　　　　佐藤正義

ある夜、私は高垣少尉の夢を見た。彼は確かに私のまくら辺に立って微笑を見せていた。かつてガラゴン島の暗い洞窟で夢みた少尉とは違っていた。明るい美しい花壇の中にいた。その花壇は、彼が生まれた氏家の家の庭先にあった。

夢はごく短い時間だった。

翌朝、私はひとり勝手に夢判断をした。高垣少尉は母の許に帰ってきたのだ。最近の母の喜びを知ったからではないだろうか。私は老婆の第一信の「これで勘二もようやく喜んで成仏できます」との末文を思い出していた。

その日は七月一日だった。午前中に会社での会議を済ませ、その足で氏家の高垣家を訪ねた。

急に思い立ったのは、少尉の墓参である。昨夜の夢で、少尉が私を誘っているように思えた。母と父の喜びを確認してほしい——、そういっているように思えてならないのだ。もっとも、私自身、両親の喜びを知ることは、長く持ち続けた不安と焦躁に、自ら終止符を打つためでもある。

その日、前ぶれなしに伺った私を迎えてくれたヨシノさんの喜びは、私の予想をはるかにこえていた。だが、急にふけ込んでしまった姿に接した私は、一抹の淋しさを感じた。

「実は、病気で入院しているところに、船坂先生から息子のことを書いた本のゲラが届きましたので、急に元気が出まして、家に帰ってきているのです……。この間はまた、息子の本が送られてきましたので、嬉しくて病気は治ってしまいました。……ほんとうに有難うございました……」

私にとっては、これ以上の言葉はない。苦労がいっぺんに吹っ飛んでしまった。

少尉の父の与一さんの喜びは、また格別だった。最初の訪問の時とは全く違って、終始微笑があった。彼は「勘二はあの本の中で生きています。勘二の気持がそのまま書いてありますのには驚きました。おかげさまで、勘二のことがすべてわかりまして、私としましては、こんなに嬉しいことはありません……。あれは、ほんとうに、ど根性のある子なのです……」と誇らしげに語った。

そんな彼の気持につられて、「勘二さんはお宅の先祖様にいらっしゃった、武士の生れ変わりとしか思えませんが……」と私が言うと、与一さんは「私もそう信じているのです」とまた微笑をたたえた。

いまだ記憶に残っていることがある。「あの子は女をなぐったのですね……。私だって女ですが、勘二の立場だったら、当然ぶんなぐりますよ。勘二ってほんとうに、そういう子なんです……」というその日のヨシノさんのことばである。

もちろん私は墓参を忘れなかった。高垣少尉と二人して話したかったのである。

与一さんもヨシノさんも、「寄る年波には勝てません。一緒に墓場まで行きたいのですが、息切れして歩けません」ということなので、私は後継者である末弟の茂成さん夫妻の案内で、墓地を訪れた。

五年前に読んだ墓石の勲記を再び読み返した。

「高垣少尉！　私は最近、あなたの別な勲記を書きました。真実の勲記です。当時の日本がしたような、その場かぎりの、ご都合主義の勲記ではありません。国策にさえ合えば、人間の命など無視した時代の墓石の勲記は、石の勲章と同じです。広い世界のすみずみまで見られる時代、人の生命と平和がいかに大切かを理解する時代に、公平に綴ったあなたと部下たちの勲記が出来ました。そしてその内容を、あなたのご両親も喜んで認めているのです……」

私は心の中で少尉に語りかけた。

すると少尉の声が聞えてきた。

「私には、石の勲章よりも、無形の真実が、何にもまさる宝なのです。私はいまその真実がほしい！」

少尉の妹さんが同じ塩谷郡の一つ村を越した高根沢町平田に嫁いでいた。ヨシノさんのすすめもあったので、帰路その妹さんに挨拶して帰ることにした。彼女は私の突然の訪問に喜んでくれた。

その日からしばらくしたある日のこと、妹さんから一通の手紙を受け取った。

（前略）このたびの出版に関しては、私利私欲を捨てての限りないご努力の程がうかがわれ、唯々頭の下る思いです。両親もいたく感謝しておりますことは筆舌に尽せぬことと思います。兄の最後の事故死にしても、あるいは自ら選んだ道だったのでは？　と読んでてフッと感じました。それならそれでかえって良かったと思います、兄の苦悩の毎日であったろうことを思うと。でも私は大きなショックでした。遊撃隊とやらで華々しく散ったものとばかり思ってましたから。偉い人物だったとは言え、肉身にしてみれば、手柄なんかどうだっていい、唯々生き長らえていてくれたらと。「岸壁の母」ならずとも、木枯吹く夜など戸外の物音にもしや？　と聞き耳を立てていたものでした。（中略）

七人の子に恵まれながら次々と三人にも先立たれ、心中いかばかりかと、子を持つ親となって始めてヒシヒシと感じた頃がありました。泣きたい時は誰もいない裏山へ駆け登って思いっきり涙のかれるまで泣くんだよと。今ようやく心の傷手も薄らぎ穏やかな日々を過している昨今の心境、いかばかりかと案じておりますが（まだ逢って話してないので）残り少い人生をしずかに過させたいとは娘の願いです。

（中略）

主人は今この本を見せてはねむった子を起すようなものだナ（両親に）と。（後略）

〝自ら選んだ道だったのでは？〟という妹さんの言葉に、私は痛く心を動かされた。これは、与一さんかヨシノさんから当然言われると予想していたが、ついに耳にしなかった言葉であった。

実は私も、以前から、高垣少尉の事故死を否定していたのであった。

# 戦友の道義

仏教では、地獄、餓鬼畜生、修羅、人界、天界の六道があることを教えている。六道のうちの餓鬼には、人間の世界に生存する枠を与えられている。この枠を宿業という。宿業の尽きた者が死を迎える。事故で死んだ者には、まだ生きられる宿業が残っている。だから、この死を非業の死という。非業の死をとげた者は、天界には行けず、肉体を離れた霊魂が現世をさまよっているという。現世とは、六道でいう人界である。子供が死亡した場合、生前仏教に帰依することができなかったので、天界に行けない。これを救う仏が地蔵である。地蔵は、頭を剃った菩薩形をしており、片手に如意宝珠を、片手に錫杖を持ち、路傍で道標の役を果たす。これは六道のどこでも現われて、六道に苦しむ者を救済すると信じられている。

事故死した少尉の死は、非業の死なのであろうか。だが、軍人最高の二階級特進者である。

軍人最高の栄誉である二階級特進者の多くは、軍神とされている。ところが、少尉の二階級特進は、なぜかじっさいには実現していない。なぜ実現しないのか。ガラゴン斬り込みの成果を考えれば、当然、その価値がある。その後に事故死しているから、特進が却下されたのであろうか？

私は、少尉の死について、ヨシノさんと妹の恒子さんが納得のいくまで、どうしても再調査をしなければならないと思った。

私は、高垣少尉の爆死直前の模様、自決する兆候の有無を、四人の部下たちにたずねていた。

「当時の小隊長殿には、自決する理由もなく、したがって日常の態度には、死の影すらなかった。仮りに自殺だとしたら、なんらかの気配を感じたはずです」

返ってきた答は、異口同音に小隊長の自決を否定していた。

成功も生還も、万に一つの可能性しか考えられない、いや、絶対に可能性はないとしか思えないガラゴン島斬り込みで、主従して死を超越した運命共同体を如実に体験していたのだから、彼らにこそ、隊長の内面はすべて見透《みとお》しがつくはずである。ましてや爆死の真相そのものを、彼らは永い沈黙を破って証言してくれたのであった。私は、彼らの否定を信じないわけにはいかない。

しかし、あまり身近すぎて何の兆候も感じなかったという例外であったある事件が、頭に浮かんできた。世界中を震駭させた例の三島（由紀夫）事件のことである。私たち二人は、私の愛刀を贈呈したほどの親しい間柄であったが、自決の直前、何の気配も兆候も見られなかった。誰にも、私にさえ。「あの子がまさか……あの朝いつものように常と変わらず出掛けたのですが……」と、今でも、ご両親は当時を回想して言っている。天才とか奇才といわれる人は、おのれの抱く感情を殺し、内面に全く秘めかくすことができるという。一般の人にはとうていかなわないことができるのだ。

高垣少尉にも、同じように、天才、奇才としての度量があったとしか思えなかった。私がふと思いついて電話を掛けたのは、群馬県前橋市にいる戦友の川田四郎さんである。川田さんは、拙著『サクラ　サクラ』に詳述したように、飯田大隊がペリリュー島に逆上陸した時、飯田大隊長の特命を受けて、パラオ本島まで決死の海中伝令の大任を果たした勇士である。

高垣少尉が抗命をした頃、川田少尉はマカラカル島に寄島したかもしれない。そこで高垣少尉と会っているのでは？……。

「川田さん、高垣少尉のことについて、何でもいいんです、ご存じの事がありましたら……」

「また戦記ですね……。こんどは高垣少尉の事ですか。でも高垣少尉のことですと、どうしても、司令部の方々の名前が出るでしょう。私は司令部の方々にはたいへんお世話になっておりますので……特に仲河参謀には……。ですから、慎重に書いてくださらないと……」

義理を尊ぶ川田さんを、やはり剣道の教士だけあって立派だと思った。だが、川田さんの言葉で一つ気にかかるところがあった。「特に仲河参謀には」——特に、というのは、高垣少尉をかばって助言してくれた人が、あるいは……。

「川田さん、やっぱりあなただったのですね。高垣少尉が参謀の激しい怒りをかった時、若い少尉が一生懸命に二人の間に入って和解に努力したというのをききましたが……」

「どうしてわかりました。高垣少尉以外誰も知らないと思ってましたが……。実は……あれは私なんですよ……」

「その時、どんなことを言ったのですか?」

「参謀殿! お互いに玉砕する運命じゃありませんか。高垣だって、散る桜、われわれも遅かれ早かれ散る桜ではありませんか。まあまあお気を静めて……と。それからいろいろと申しあげましたよ」

幹部候補生出身の若僧が、大佐の参謀を諌めたのだから、この人もたいへんな人物である。

私の心に、「若い少尉でしたが、どうしてもその方の名前がわかりません」そう言って感謝していた、あの日の半井伍長のことばがよみがえってきた。

「船坂さん。広島におられる佐々木軍医が、高垣少尉のことを知っておられますよ。二、三年前に、佐々木軍医から、当時の〝回想記〟を送ってきました。本箱にしまってありますから、探してお送りしましょう。参考になるかもしれません。でも、佐々木軍医は、あの回想記は、船坂さんの〝戦記〟の出版があったからこそ書けたと感謝していましたよ。奇妙な名前の回想記でしたよ、たぶん『へっぽこ軍医回想記』でしたね……」

二日後に速達で送られてきた本の題名は『ああ昭和二十年―へっぽこ軍医回想記―』、著者は東広島市西条保健所長、医学博士佐々木峻、旧十四師団野戦病院付軍医少尉であった。

著者は、その頃、選ばれてパラオ最前基地、高垣少尉のいたマカラカル島に軍医として派遣され、爾来、海上遊撃隊として活躍した。変転万化する戦局の中で、その実態を淡々と回想した、貴重な戦記であった。

私は、十月二十七日マカラカル島捜索隊附軍医として井上軍医中尉とともに選ばれてマカラカル島に行くことになった。

このマカラカル島には吾が第十四師団が折を見てペリリュー島に逆上陸をする目的で、マカラカル以北の状況を捜索し、乾坤一擲の壮挙に資する諸情報を迅速に収集するための捜索隊が十月十二日に派遣されていた。

この捜索隊は坂本大尉を長として集団情報班の一部、第十四師団通信隊五号無線一分隊、歩兵第十五聯隊の一小隊（沖縄漁夫特に糸満出身者を特選し、小舟艇、筏、浮木等を携行し、決死の海上奇襲戦闘を敢行する海上決死遊泳班、及び肉薄攻撃班）、海軍信号員長以下、歩兵第五十九聯隊の将校斥候の安田中尉以下で編成されていた。（中略）

吾々（井上中尉、小倉伍長、中村伍長、中田上等兵、某一等兵と著者の計六名）は十月二十七日夕方の六時頃迄にコロール波止場に到着する様命令を受けた。

そこで六名は軍装を整え朝方大和村を出発し遠い道をとぼとぼと歩き、六時頃コロールに到着した。

日没とともに大発艇に乗船後、コロール波止場を出発し、夜八時過ぎマカラカル島に到着した。

隊長の坂本大尉は陸士五十四期出身でまだ若い元気撥剌たる軍人であった。（中略）

その外この捜索隊に一個小隊がいることが後程わかった。

その小隊長はペリリュー島から転進して来た高垣勘二少尉であった。（中略）（少尉はガラゴン島に斬り込みマカラカル島に帰還したが）既に食糧もなくなり、原隊に復帰するには相当の体力を要するため、遂に坂本大尉の所に来て事情を打明けたらしかった。

依って坂本大尉は師団司令部に相談した結果、今直ちに原隊に復帰せしめずマカラカルにおいてあくまでも決死的任務を遂行させる様にとの返事らしかった。

そのご十一月四日集団命令によりマカラカル島及び三ッ子島以北の島嶼を確保し積極的な奇襲遊撃作戦により敵の泊地設定を妨害するとともにペリリュー島からの敵の地上企図を攪乱、破摧する目的で海上遊撃隊を編成し、（中略）マカラカルに来た第一海上遊撃隊長は、歩兵第十五聯隊田村中尉であった。

彼は仁平少尉以下部下兵を連れて来た。

そして増見少尉、高垣少尉等は田村中尉の指揮下に入った。（中略）

ウルクターブルに配備された第二海上遊撃隊長は歩兵第五十九聯隊柳沢中尉で田辺少尉、三上少尉のひきいる二個小隊より成っていた。（中略）

捜索隊はマカラカル島の高い山の樹上に監視哨を設けペリリュー島方面の敵の状況を絶えず監視していた。私もこの監視哨に昇って見た。（中略）はるか南西十五キロメートル位の距離にペリリュー島が見える。（中略）

ペリリューに上陸した米軍は十一月十五日以降、火砲数門を有する約一個中隊がガラゴン島に進駐した。

そして軽飛行機の滑走路等を整備し水陸両用装甲車が配備されていた。（中略）

又、遙か右の方や南西の方向五キロメートルの距離に鯨の形をした島が見える。

此所を鯨島とも呼ぶ。

そしてその前方には三ツ子島が見える。（中略）

この三ツ子島にはまだ海軍の設営隊が駐屯しているとのことだ。

私はある時この三ツ子島の傷病者の治療に行く様にとの命を受け、上陸用舟艇で奈良少尉と共にこの島に赴いた。（中略）

三ツ子島の洞穴の中に約四十名足らずの海軍軍人及び軍属がいた。衛生状態は極めて悪い。

殆んど栄養失調に近い状態である。（中略）

十一月十四日には集団司令部は捜索隊を引揚げ海上遊撃隊を増強配備した。

そして坂本大尉はパラオ本島に引き揚げ、捜索隊残余の要員はそのまゝ海上遊撃隊長の指揮下に入った。

海上遊撃隊長小久保荘三郎大尉は坂本大尉のマカラカル情報所長としての任務を継承するとともに第一及び第二海上遊撃隊を指揮下に掌握した。（中略）

十一月十五日以降小久保大尉の指揮下に入った部隊は集団直轄「マカラカル」海上遊撃隊としてマカラカル、ウルクタープル、アパッパオモガン及びその附近の島に拠点を置いて米軍前進拠点を覆滅せんとした。

そして先ず第一海上遊撃隊では敵の駆潜艇をやっつけようではないかということで毎日高垣、仁平、増見少尉等及び兵隊は入江で泳ぐ練習をした。（中略）

パラオで現地召集になった沖縄出身、特に糸満漁師出身者の指導で上達した。

やがて彼等はパラオ本島からヨオ水道を経てマカラカルまで竹の筏を運びその上に五十キログラムの爆弾をのせ、導火索と雷管を付けて敵の駆潜艇を撃沈すべく

勢込んでいた。（中略）

田村隊長を始め第一小隊長増見少尉、第二小隊長仁平少尉、第三小隊長高垣少尉等何れ劣らず実に気持ちの良い青年将校であった。

特に高垣少尉は此所を死所としなければ永久に戦場離脱の罪はまぬがれぬと悟りしか、彼は実に達観していた様だ。

自ら死を選ぼうとしているかに見受けられた。

彼は実に奇想天外なことを考え之をよく実行に移した。


佐々木軍医の回想には、「高垣少尉は此所を死所と……。自ら死を選ぼうとして……、彼は実に奇想天外なことを……」とある。このわずか数行に、私の全神経が固着してしまったのは、なぜだろう……。私の想像は、はげしくかきたてられた。なぜであろう……。

この記録の中の前段〝死所〟と後段の〝自ら死を〟――これこそまさに高垣少尉の当時の自決を予想した文章ではないだろうか？

この回想記は昭和四十七年の発行である。その時点で、著者は、高垣少尉の死を、自決だったと判断しうる可能性を示してはいないか……。あるいは私と同じ自決説を……。

そう判断した私は、広島の佐々木軍医のお宅に電話を掛けた。

「佐々木先生、あの回想記について質問があるのですが……。突然で恐縮ですが……」

「船坂さんの『サクラ　サクラ』がありましたので、おかげさまであの回想記が書けました。感謝しております……」

「単刀直入で恐縮ですが、実は高垣少尉の事故死について……」とここまで話した時、先生は私の意表を衝くように、

「実は……あの時、高垣少尉を検死したのが私だったのです……」

いきなり検死したと言われて、私は息づまる感情を押さえた。

「先生！　その検死した時の情況をぜひお聞かせ願えませんでしょうか」

私のこの立ち入ったぶしつけな質問に、いささかとまどったようであった。わずかな沈黙の後、

「なぜ、それを？　船坂さんは、高垣少尉の死をどう思っておられるのですか？」

この言葉には誘導性があった。おまえの理由によっては、そのようなことには触れたくない……あの死は単なる死ではないのだ――胸中が私には読めたような気がした。

私は率直に、「高垣少尉の死は、単なる事故死ではないと信じております。たとえば、近くは三島由紀夫先生の憂国の自刃、あれと同じような壮烈なるものを感じるのですが、いかがでしょうか」とたずねた。

「自刃ですって？　自決だとおっしゃるんですか……」

やがて、

「私は……自決だと思いませんが……確かな証人がいれば別ですが……」

と否定された。だが「あれは完全な事故だったのです」とは言わなかった。

私は間髪を入れずに問うた。

「あの回想記の二〇ページには、〝自ら死を選ぼうとしているかに見受けられた〟とありますが、先生はなぜ……」

即答はなかった。重苦しいわずかの間をおいて、

「責任ある軍医としてそう感じたから、ありのままにそう書いたのですが、船坂さんは、あの死について何か……」

と逆に問われたのである。――おまえはあの死について、自決だったというたしかな新事実でも摑んでいるのか。確実な証拠も無くそんなことを口に出すべきではない。十四師団の権威にもかかわることではないか。一下士官が、なんということを……そ

ういう私の一方的な邪推が、頭をもたげてきた。

「では先生、検死した時、高垣少尉が最もひどく被爆したところはどこでした？」

「あの時は……腸が飛びだしてしまって、悲惨でした……」

私は確かめるように押した。

「先生、胸部でなくて、下腹部ですね。腸が飛びだしてしまったのでは？……」

「そうなんですよ……腸ですから、たしかに下腹部です」

私は林伍長の証言を思い出した。私は、『玉砕の孤島に大義はなかった』に、次のように書いていた。

「そこで小隊長殿は、〝罐詰爆雷〟というものを発明されたのです。十センチほどの導火線をつけた罐詰爆雷は火をつけて水面に投擲《とうてき》すると、水面からやや沈んだ瞬間、炸裂するように、投擲する距離、沈む深さを計算してつくり上げたものだ、と小隊長殿は、道すがら話して下さり、『これが完成したばかりの爆雷だ……』と言って、あき罐でつくった爆雷を見せてくれました。

その日の三十六湾は、青く澄んだ海面が、ぶきみなほど静かでした。湾から一キロのところには、米軍の艦艇がウヨウヨと浮かんでいます。私は湾の入江の崖から、海面に突き出るように生えている木によじのぼりました。魚群の近づくのを見すまして、小隊長殿が投擲する爆雷の位置を知らせるためでした。しばらくすき透った海面を見おろしていますと、三ツ子島方面から魚群が入江にくるのが見えました。そのときの小隊長殿の位置といえば、私の眼下ほんの一、二メートルぐらい前方のところに立っておられました。

『小隊長殿、魚の群れが寄ってきます！　この方向です！』

私の指さすすぐ下で、小隊長殿は〝罐詰爆雷〟に点火しました。まぶしい強い南国の陽光の中に、バッと導火線が火を吹きました。だが、つぎの瞬間、急に導火線の火が消えたのです。〝導火線不良だナ……〟と思いながら私は、魚群の位置をたしかめるために、ふたたび頭をあげました。その目を移す瞬間、私の視野の中に、火の消えた導火線をのぞき込んでいる小隊長殿の姿が見え、私の感覚の中に確かにその姿がうつりました。

『魚群が近づきました、小隊長殿！』

叫びながら顔を、小隊長殿のほうに向けた瞬間、

『グオグォン！』と、すさまじい炸裂音を耳にしたと同時に、私のからだは硝煙につつまれたまま、あっと言うまもなく眼下のリーフに叩きつけられたのです。

硝煙の中で私は、小隊長殿が倒れるのを確かに見ました。しかし、つぎの瞬間に

は、私の両眼はまったく見えなくなっていました。爆風でやられ、両眼の視力を喪失し、鼓膜を裂かれてしまったのです。

『小隊長殿は？　小隊長殿はぶじか？』

見えぬ眼を見張って、うすれゆく感覚の中で、私は絶叫しました。近よる小隊の兵士たちの乱れた靴音がかすかに聞こえるような気がしていました。が、やがて私のからだが宙に浮き、だれかの背にかつがれたナ——というのが、あのときの最後の記憶です……」

林さんの分厚いレンズが、キラリと灯に反射した。

「硝煙の中に倒れる小隊長殿の姿が、この世における最後の姿だったのです。爆風でやられたまま入院した私が、そのことを知ったのは事件のかなり後でした。小隊長殿はあのまま手に持っていた爆雷によって、爆死されたのです。それにしても、なんという運命のいたずらでしょうか。一度は火をはいた導火線が、不発のような状態を見せたのですが、火は消えていなかったのでしょう。まったく信じられない、また悔やんでも悔やみきれない恨みが残りました。（後略）」

「グォグォン！」炸裂音を耳にすると同時に硝煙で包まれた彼は、硝煙の中で少尉の倒れるのをたしかに見た。そして、次の瞬間に両眼の視力を喪失したのである。

ところで、近距離の爆薬炸裂の場合、炸裂音よりも硝煙の飛来の方が早い。硝煙で包まれると、何も見えない。眼の神経は、硝煙の飛来前に瞼をとじさせてしまう。硝煙の中では、少尉の倒れるのは見えないはずである。林伍長が、「見えぬ眼を見張って、うすれゆく感覚の中で、私は絶叫しました」と証言しているように、爆煙をはらんだ爆風を受けて、眼下のリーフに叩きつけられるまでは、何も見えなかったのであろう。とすると、この証言はたしかではない。――そう思った。

すると、佐々木先生の下腹部説が、新たな証言として重みをもってくる。下腹部であろうとは思っていたのだが、私にはそれをたしかめるすべが皆無だった。それが今、先生の口から確認できた。天の助けか、あるいは高垣少尉の霊魂がいま私に佐々木軍医を接近させてくれたのか、としか思えなかった。

さらに、彼の回想記には、

魚があり余る程多くとれるのでそれを燻製にして、マ島からパラオ本島の大和村野戦病院に二~三回連絡に行った折、羽田野大佐病院長に御土産に持参したが大変喜んで戴いた。

魚の多い理由はこういう訳だ。

当時マカラカルでは擲弾筒を使ったり、缶詰の空缶に敵の駆潜艇攻撃用の五十キログラム爆弾の爆薬をつめ雷管と導火索をつける。

導火索に火をつけ雷管が破裂し、爆薬が爆発する直前に海中に投げ込む。

海中で爆薬が爆発すると魚が気絶して浮いたり沈んだりする。この魚を沖縄出身の兵隊が口や手、足に一人で一回十匹位はつかんで取って来る。

然しこの魚取りには多くの犠牲者を出した。

此の犠牲者は二～三十名位はおったであろうか。

というのは導火索に火を付けても、まだ火がついていないと思って導火索を口でふっと吹く。

すると突然爆発して時には内臓を露出して無慙な最後を遂げるのだ。

高垣少尉も木の上に登って爆薬を投げ同年三月九日遂に残念な最後を遂げた。彼の第三小隊は他の小隊とは別の所にいた。

彼等は空家になった原地人の家に居た。（中略）

彼は実にさっぱりした男で正義感に富み、部下思いの将校だった。

実に惜しい男を亡くした。

愛惜の念に堪えぬ。

と書かれていた。

文中、「時には」と、時という言葉が使われている。私には、この時が気になってきたのである。〝時には内臓を露出して〟とあるのは、もしかしたら高垣少尉の死の決定的な〝その時〟を表現したものではないだろうか。

そこでは、一般の他の二、三〇人くらいの犠牲者がどんなであったかには触れられていない。爆死のあとの、あまりの無惨さは、書くにしのびないことであろう。だが、最も極端な例、つまり内臓の露出は書かれている。高垣少尉の最期があまりにも残酷で、鮮明に記憶されて脳裡から離れない現実が、そうさせたのであろうか。

ともあれ、私は、爆発した時の爆薬と被爆者との角度と位置を気にしていたのである。

私にも、アンガウル戦場では爆死の多くの実例を目撃した体験がある。私自身、手榴弾で自決すべく覚悟したことが数回あった。その時、私は自爆して果てた自分の屍《しかばね》がどのように変化するかまで予想していた。幸か不幸か、湿気のために不発だったので私は死ねなかったけれども、私の目撃では、被爆の状態は、爆発した角度によって、頭上なら頭部を砕かれ、顔前なら顔面が全く吹き飛び、胸部では胸部の臓物が空になってしまい、投擲の瞬間であれば手首や片腕が吹っ飛び、腹部に抱けば高垣少尉と同じに……といったように異なっていた。

高垣少尉は腹部に……それは、彼が完全なる死を選んだことを意味している。

少尉は、水中遊撃隊の部下たちにこう教育している。〝水中で敵艦に爆薬を仕掛けたなら、できるかぎり早く、遠くに離れないと、人間も爆発の衝撃によって、魚同様に水中で心臓と内臓が破裂して死ぬ〟と。水中でも、衝撃だけで完全に死ぬ。直接腹部に当てれば、大腸も小腸も吹き飛ぶ。武士が切腹する作法に、十字切りというものがある。最初横真一文字に、そののち縦一文字に切る。少尉が軍人は武人であり、武士の死にあやかりたいと願ったなら、それは下腹部に重点を置かざるをえなかったであろう……。

「佐々木先生！　不発だと感じますと、必ず火口をのぞき込むのが人間の心理ですね。次は、口元に持ってきて口火を吹いてみる。だいたい事故死の被爆は、第一に顔面、次は上半身が多いのではありませんか。ですから、高垣少尉の場合は、下腹部に爆薬を抱いての完全な自決だと思うのですが……」

先生は、「それも一理ありますが……しかし」と答えた。それは〝自決と断定したいのだが、自決だったというあかしがないのだから……〟ということであろう。

私は高垣少尉の最期を見とどけたという林伍長の証言を、もう一度思い出した。あの時、林伍長は海岸の松の木の上で魚群の移動を監視していた。その下で高垣少尉が爆死した。その瞬間、林伍長は爆風と硝煙によって両眼の視力を喪失し、木から転落して入院した。しかし林伍長は、たしかに少尉の爆薬は不発だったと言う。

高垣少尉は、ただ一人の目撃者、林伍長に不発とみせかけて、その爆薬を下腹部に当てていた――そうとしか考えられない。しかし、その真実は、神以外の者には、知ろうとしても、しょせん無理なことなのだろうか。せっかく佐々木軍医の貴重な証言も得られたというのに……。私は、もう一度考えなければならない。最も身近なことであるのに、気がつかなかったようだ。

かりに、私が高垣少尉で、マカラカル島にいたとする。佐々木軍医と同じように、誰かが必ず少尉と接触しているはずなのだ。私だったら、誰がその第三者になってくれるであろう。第一は、信頼する部下たちである。第二は、部下以外の第三者である。それは同年兵であるはずだ。それも、戦友という条件がつく。そうだ、すでに高垣少尉の信頼しうる部下たちに会って何もかも聞き尽くしてしまったいま、残るは戦友しかいない。

私は、少尉の戦友をさがさねばと思った。たとえば少尉が爆死する以前に遺書か遺言を託した者がいれば、少尉の死は自決である。

佐々木先生の検死の結果を耳にしたいま、下腹部説の裏付けを探すことによって、少尉の死の意味を探り当てなければならない。

「戦友の道義は、大義の下死生相結び、互に信頼の至情を致し、常に切磋琢磨し、緩急相救ひ、非違相戒めて、倶に軍人の本分を完うするに在り――」とわれわれは十四師団で、戦陣訓を徹底的に叩きこまれた。これは〝戦友道〟である。パラオ戦場から復員した万を越える将兵のうち、一人くらいは〝信頼の至情を致し〟の該当者がいるはずだ。同じ年次に同じ中隊に入隊し、さらに同じ内務班に育ったという、俗にいう同年兵としての戦友なら、いちばんの適任者なのだが。幹部候補生時代、予備士官学校で同じ教育隊で育った時の戦友でもよいのだが、パラオ戦線で、しかもマカラカル島かその周辺にいて、高垣少尉と何らかの連絡をとった人がその中にいないものなのか。戦友でなくても上官でもよい……。

しかし、東西に奔走してもなかなか探し出せない。高垣小隊は、抗命とか逃亡とか誤解された瞬間から、全く孤立していたとしか考えられなかった。かつての四人の部下たちも、〝あまり他の部隊との接触はなかった〟と洩らしていた。

もう一度、頭を整理してみる必要を感じた。高垣少尉は、満州の原隊からどこかの部隊に転属し、それからパラオ島の照集団に移った。パラオでは引野大隊に関係し、その後に江口八郎大佐の指揮する五十九聯隊付となった。それから照集団直轄の海上遊撃隊となり、ガラゴン斬り込みに征った――この経過しか摑んでいなかった。だが、五十九聯隊の一員だった私は、この関係の調査は充分にしてきたつもりである。引野大隊のいたペリリュー島の生還者にも充分たずね、海上遊撃隊長だった小久保荘三郎大尉にも数回会って執拗にたずねてきた。けれども、高垣少尉個人のことは、不思議と情報を得られなかったのである。

こうした結果、私が感じたことは、軍隊で教育を受け、さらに戦場に征った人々には、今もって軍隊を誹謗したり疑惑を持ったりはしない、煩わしいことに触れまいとする古き良き美徳が、脈々と生き続けているということであった。そのはずである。情熱燃えたぎる青春の幾年かを死を賭して国家と同胞の犠牲になろうとしたのだから。また、そのために徹底して身心ともに鍛錬し、充実した男性の集団を支えた日を、それぞれの貴重な人生の歴史の貴重な意義として感じているのだから。

さて、高垣少尉について他に彼を知るすべはないものだろうか。思案は果てしなく続いた。

　ある日、少尉の出身校である栃木県立宇都宮商業高校を訪ねた。ここを卒業した少尉の同級生で、満洲の部隊かパラオの照集団に在隊した人はいないものだろうか……。藁をも摑みたい私の希望であった。だが、五年間皆勤、成績上位、剣道部員、責任感旺盛、水泳の天才といった少年の日の勘二さんを充分知ることはできたものの、同級生の在隊関係については、全く知ることができなかったのである。かりに同級生で同じ部隊にいた人が見つかったとしても、高垣少尉がガラゴン島に斬り込んで大戦果を揚げた直後、正確にいえば十九年十一月八日から爆死した翌三月九日にいたる満四ヵ月間に少尉と接触を持った人という限定条件がある。

　そして、かりにこの間に接触があったとしても、果たして何をどのように話したかが問題になる。しかも、ふところの深いあの少尉が、秘め抱く話を自ら洩らす可能性は薄い。また、かりに少尉の告白を耳にした誰かが見つかったとしても、その人がそれを洩らすかどうか。しかも、その誰かを探すことは、海中に深く沈んでいる一枚の金貨を探し出すことと同じようなむずかしさであろう……。

　多くの人々は、なぜ、高垣少尉というと、わけも聞かずにやたらと敬遠するのだろう。

　国家の存亡を賭けた大東亜戦争の最中に、しかも戦場という特別な範囲、限定された枠の中で、軍人としてあるまじきことを犯したという伝統的な観念が高垣少尉の真価を否定させる、そんな背景が、多くの関係者の気持そのものを威圧してはいないか……。

また、軍隊においては、事故死は病死よりも下のランクか、もしくは同等のランクとして価値づけされる傾向があった。戦死や戦病死など公務死以外のものを、平病死と言った。平病死とは、軍法会議で決定した死刑および自殺である。戦陣訓には、〝戦陣で病魔に斃るるは遺憾の極なり〟とある。不幸にして病気で死んでもこうなのである。ましてや事故死とあっては、推して知るべしである。同じ事故死でも、公務死と公務以外の事故死とが区分され、戦時と平時によってその扱いが異なる。その扱いは、直属の隊長が、隊の歴史と伝統を考慮し、隊長の責任でなされる。私の知る範囲では、特別の恩情をもって、平時にありては事故死や病死とせず公務死とし、戦場では戦死として扱われていた。それぞれの隊長が武士の情を発露してくれるわけである。上官としての当然の行為であろう。

しかし、軍隊という所は厄介な所で、一度軍法に触れる行為をしたと断定されると、再び浮かばれる機会を与えない。それだけに、軍法に触れることを恐れる者が多く、また逆に軍法に触れ除隊する者も多かったようである。私の同年兵に満洲で逃亡し、軍法によって裁かれた直後、狂人を装って現役を免除され、除隊して召集にもならずに堂々と生きている者がいるが、その兵隊を部下としていた中隊長は、今もって、あの時ほど困ったことはなかったと当時を述懐している。

〝軍紀ハ軍隊ノ命脈ナリ……至誠上長ニ服従シ其ノ命令ヲ確守スルヲ以テ第二ノ天性ト成サシムルヲ要ス〟と操典に示されているが、そのほかに、名誉と伝統を守る事も軍隊の第二の天性なのだ。

高垣少尉の抗命と逃亡は正規に軍法の名によって決定された罪状でないだけに、不名誉な、あるまじき行為として観念的に多くの将兵の記憶の中に固着してしまっており、それに事故死を忌み嫌う気持が重なって、少尉のことに触れまいとする。こういう理不尽な考え方が今でも根強く持たれている理由を、私は肌で感じ取っていた。そればかりではない。軍隊は、団結の強さをより強く固めるため、郷土部隊として連帯感を生かして編成されている。だから、事故者や軍法に触れた者など、わが郷土部隊からは絶対に出すまいとし、不幸にしてそれらに該当する者が出たとしても、口外しては郷土のためにならんという気質ができてしまっているのである。

また、軍人は、古来からの武人の精神を受け継ぐことを生甲斐としてきた。中でも、軍隊においては、〝戦闘は勝つことである〟と強調しすぎた傾向があった。勝つためには、人道を無視し、国際法も軽視した。〝必勝の信念〟にのみ走り、精神力こそ万能と信じたあまり、近代戦では何よりも優先して考えるべき科学と情報を軽視した。戦闘方法にしても、明治時代からの典範令(時代の変遷とともに改訂は続けられたとしても)にもとづく、あまりにも前近代的な水際撃滅戦法第一主義であった。たとえば照集団のごときは、対ソ戦を主軸として訓練されたその大陸戦闘のための部隊が、急遽島嶼作戦に転用された。虎が孤島に置き去りにされて、虎のもつ特性である〝一日千里を走る〟ことも実現できなかった。

いずれにしても、高垣少尉に関する情報収集の困難性は、日本軍人の意識構造そのものから全体的にもたらされているように思われた。

不況に喘ぐ昭和五十二年の師走の東京には、沈欝な空気が流れていた。あますところ一週間で新年を迎えようとしていた。考えてみると、ヨシノさんに最初の手紙を寄せられてから、一二年目の歳末であった。

私は宇都宮の県立商業に電話を掛けた。

「昭和七年四月入学の高垣勘二さんという方の同窓生で、特に勘二さんと親交のあった方を紹介していただきたいのですが」

「二時間ほどあとで、もう一度お電話をくだされば、それまでには調べておきます。でも、何をお調べになるんですか？」

私は、軍隊関係では調べがつかないことと、すでにあきらめてしまっていた。同級の方がまああたらしい情報を教えてくれるかもしれない。その情報をたどって、誰かを探し出さねば。

長く感じた二時間を待って電話をすると、三人の同級生の住所氏名と電話番号を教えてくれた。

それからおよそ半日、遠距離電話を通じて同級生との一問一答がなされた。いちばん有難く思ったのは、宇都宮市内で郵便局長を現職としている丸田さんが、青木さんという人の電話番号を教えてくれたことである。

さっそく青木さんに電話をすると、丸田さんが苗字だけ教えてくれたその人は、意外にも私と数度会ったことのある青木末吉さんであった。

氏は旧五十九聯隊本部付、陸軍中尉であった。現在は宇都宮市内で青木紙店の社長をしていた。氏が高垣少尉と同級生だったとは、意外であった。

氏と高垣少尉とは、生まれ月の差があって、入隊の年次に一年の差があった。そして、「高垣さんは同じ十四師団でも騎兵隊に入隊し、私は歩兵でしたし、そのうえ、私はパラオ本島にいたので、高垣少尉のことは皆目わかりません」という、いつか会った時の答えと同じであった。だが青木さんは、

「そのことなら、この方がくわしいと思うのですが、果たして話してくれるかどうかは……」

と前置きして、栃木市沼和田町に住む柳沢己未男さんの電話番号を教えてくれた。青木さんの、〝この方がくわしいと思うのですが、果たして話されるかどうか〟と言われるその言葉が、妙に私の心に強く触れた。この人が必ず私に何か新たなお話をもたらしてくれるのでは？　そう予測すると、〝どうかこの方によって謎が少しでも解けますように〟と祈っていた。私はその祈りの中で焦る気持を押さえながら、柳沢さんの自宅に電話をかけた。

柳沢さんは不在だった。私は夕刻が待ちきれない思いの中で、数年前の、柳沢さんとの初対面の時のことを思い出していた。

その日は、昭和四十二年の春だったから、もう一〇年も前になる。毎日新聞社の地下にあるホールで、私の『サクラ　サクラ』の出版記念会が開かれたとき、出席してくれた多くのパラオ戦場からの復員者の中に、背丈の高い温厚な紳士がいた。その人は、パラオ戦場で訣別以来二二年ぶりと言いながら、同席の仲河参謀と固い握手をし

ていた。その記憶がよみがえってきた。そのとき参謀が私のそばに着席していたので、あの方はどなたですかとたずねると、「マ号演習で活躍された柳沢中尉です」と紹介してくれたのである。当時私は不勉強のため、マ号演習とは、イ号演習が動員令の秘密呼号だから、その後の作戦の何かであろうと簡単に考えていた。じつは、「マ号」とは、マカラカル島に由来する海上遊撃隊であり、高垣少尉にも関係のあることであった。

私はその時、柳沢さんの名刺の昭島市にさっそく電話して高垣少尉の情報を聞こうとしたのだが、柳沢さんはすでに栃木市の故郷の会社に勤務するため戻ったとのことであった。そのまま、その後の消息もわからずに、この日に至っていた。

そんなわけで、最初、青木さんが〝柳沢さんなら〟と教えてくれた時、「佐々木軍医の手記にあったあの方ではないか。この人こそ私の求めていた〝誰か〟であり、忽然と現われた救いの神なのかもしれない」——そう信じこもうとしていた。その柳沢さんがはたして高垣少尉と接触があったかどうかは、夕刻にはたしかめられる……。

その日、いつもより早く退社して、私は靖国神社の社頭に立ち、高垣少尉の霊に祈った。

「貴殿の霊魂がここ靖国にあるならば、なにとぞ柳沢さんを通じて、残された謎を解明してください……これが私の最後のお願いなのです……」

さらにその足で千鳥ヶ渕の霊苑に回り、多くの英霊にも同じことを祈願して帰宅した。

「しばらくでした……ご無沙汰いたしまして申しわけありません……」

そのなつかしい声には、同じパラオ地区で（私はアンガウル、柳沢さんはパラオ本島からウルクターブル島と、戦場は違っていたが）ともに米軍を撃滅して大東亜戦に勝利をもたらそうと無我夢中で戦った青年の日があった。たとえ負けた戦いでも、やるだけのことはやり抜いて、そのあげく、軍旗を焼いて敗戦を認めたのだ。あの島パラオ諸島には、われらの多くの戦友が平和の礎として永く眠っているのだ……こんな共通の思いが、挨拶の声の中で響くのを感じた。その身近に聴こえる声が、遠い昔の謎を、果たしてといてくれるであろうか……。

# 信頼の至情

柳沢さんの話に移る前に、ここで、私の慰霊についての関心を強化させられたことで、いままで誰にも話さなかったことに、少しふれたい。

昭和四十一年のことであった。名前も知らない客から、たくさんの本の注文があったことに始まる。その書名は『英霊の絶叫』という。英霊にこたえるために、玉砕戦場の実相を全霊を打ちこんで書いた、私の本であった。

三〇〇冊の注文主は女性で、届けてほしいという条件付である、という営業部の報告だった。

書店主であるが著者でもある私には、まことに有難い話である。しかし、あまりにも冊数が多いので、何に使われるのであろうかと私は想像をめぐらした。確かめてみたい好奇心で、会社の配達車に便乗し、届け先である埼玉県まで出掛けた。半日かかって、ようやく目的地を訪ねあてた。

注文主の婦人から、開口一番、「あなたが霊夢の中に現われまして……。こうしてお目にかかってみると、霊魂の存在を強く感じますね」と言われた瞬間、背筋に悪寒が走るのを感じた。

霊夢とか霊感といったことは、書物の上での一般常識的な知識は心得ていた。体験者の話も聞いていた。霊魂については、その不滅論に関しても、前者と同じような経過で、奇妙なこともあるものだという感覚で受けとめていた。だから、この問題については、充分とはいえないまでも、予備知識はあったはずであるが、それが自分自身のこととなってしまったいま、私は激しい困惑を感じたのである。

いったいぜんたい、生身の私が、どうして霊夢に……。私は霊界そのものを全く知らない。心あたりがあるとすれば、私には、戦死者としての墓があり、戸籍簿から抹消されたという、信じられないような事実がある。だがその謎のようなできごとは、私が玉砕したものと思った軍部が、捕虜となったことを知らずに戦死の公報を出したことに起因している。

それとも、あの時のことであろうか——。

玉砕戦場で、私が最後の死に場所を得ようとして、米軍の司令部に対して必死必殺の肉弾斬り込みをかけた時、米軍に狙撃された私は、人事不省のまま三日間、幽明の境を彷徨した。米軍は、たしかに私を戦死者として扱った。奇蹟的に生き返ってしまったのであったが、意識が全くなかった私は、たしかに一たんは死んでいた。そのとき、私の魂が霊界に抜け出して行ったのであろうか――。私はとうに過ぎ去ってしまった事跡のさまざまをあれこれと追想していた。

「実は……船坂さんが霊夢の中に現われるようになりました理由は、こうなのです……。

私は、昭和元禄と呼ばれる現在のこの日本の世相は、今後かぎりなく悪化していくように思われてなりません。こんなことでよいのでしょうか……それを考えますと、堪えられません。誰もが平和だ平和だと言ってはおりますが、これが真の平和だとは思えません。ほんとうに平和だというなら、なぜ、その平和に感謝をしないのでしょう。また、その平和が永久に続きますように祈らないのでしょう。平和とは名ばかりでして、祈る心も感謝する心もありません。この平和の蔭には二百数十万人もの殉国の英霊のいることを、政府も国民も忘れている事実を、あなたはどう考えますか？この平和は、英霊の犠牲があったからこそ、ようやく得られた価値あるものでしょう？

最近、日本では、人間尊重という言葉が流行し、人の生命は地球より重いと主張されています。でも、合掌して祈る心、感謝の心がなくて、人を尊重したり、生命の価値がわかったりするわけがありましょうか？　あなたにはおわかりでしょうが、大東亜戦争で戦没した尊敬すべき犠牲者の生命だって、地球より重いことに変わりありません。その英霊のことを、無駄死したと思う人が多いのですから、まことになげかわしいことではありませんか。

心ある人、遺族の人々の悲願であります靖国神社国家護持問題にしましても、いつ実現するかわかりません。英霊は、還る所がなくてさまよい続けているでしょう。あなたの発表によりますと、こんどの戦争で国家と同胞のために殉じました英霊は、南太平洋戦域だけで、五〇万人を越える数であるとか。またその莫大な英霊は、玉砕地のいたるところに白骨になったままで、雨と露にうたれて放置されているというではありませんか……。なんというかなしい、さびしいことなのでしょう。国のために純粋な気持のまま散華《さんげ》した若い人々が、あまりにも可哀そうです。こんなことでは、英霊は成仏することさえできません。

私たちの師匠は、こういう英霊の実情に早くからお気づきなさって、真剣にご供養するようにと私たちにお話しをしてくださるのです。そして英霊が一日も早く成仏できますよう努力しておられるのです。私も、朝夕、一生懸命におつとめさせていただいているのです。

そのためでしょうか、私は最近霊夢によって、あなたがたくさんの霊魂にたよられていることを知ったのです。そのことをあなたに知らせなくては、と思っておりました矢先に、こうしていまお会いできました。有難い仏縁をいただいたのです」

そう言って、菅原世津子さんは合掌するのだった。

彼女は、稀に見る敬虔な仏教徒だった。彼女は、一人でも多くの人に、特に、戦争体験のない人々に、英霊についての理解を深めてもらい、慰霊ご供養の成果をあげようとする目的のために、私の本を使うつもりだったのである。

菅原さんは、私に仏縁とは何かを示してくれた後、さらに霊について続けて語った。

「私が霊夢を受けましたのは、つまり霊魂があなたのことを知ったからでしょう。

あなたは最も好んでいたお酒を断ちましたね。玉砕戦場に慰霊に行く旅費を捻出するためと、人にはそう理由づけて話されるそうですが、実際はそうではないでしょう。好んだ酒を呑むこともできずに死んでいった戦友や部下たち、末期の水が一滴もなかった悲惨の中で倒れた多くの仲間たちに対する供養のためでしょう。人のため、ましてや亡き人のためを思って酒をやめる話は珍しいことです。そういう眼に見えないことを、霊界はすべてお見透《みとお》しなのですよ。

私は、最近テレビによく出るあなたのことを見ております。玉砕島を訪ねて、かつての戦友の収骨を続けておられること、現地から貝をたくさん持ち帰りそれを遺族に配布されていること、写真展や慰霊祭を各地で数回おやりになっていることなど、新聞でも拝見しています。

そのほか、船坂慰霊団を組織して、多くの遺族を現地に連れていっておられますね。それも数回続けておられますね。現地の島民のためにも、島のためにも、いろいろと協力しておられる話も耳にしています。

それを、戦後はじめて、あなた個人の力で続けているのです。それは、すべて政府で、厚生省でやることでしょうが、国ではまだそれに気づいていないのですから、困りますね。しかし、あなたは政府がやらなければ個人でもできることを、立派に証明してくれました。これからあなたに続いて戦跡を訪ね、英霊の収骨と慰霊をする方が多くなるでしょう。またそういう行為に刺激されて、政府も収骨の予算を増加することを考えざるをえなくなるでしょうね。まだ知っています、あなたが寝る時間をさいて戦記を書き続けていることをです。そしてそれを出版した本の印税はすべて慰霊碑を建てるために使用していることをです。あなたが建てられた英霊碑は、三つの玉砕した島にあるそうですが、個人が外地に碑を造ることはたいへんなことで、戦後はじめてのことですってね。一般常識では、国内に何か記念碑を建てる場合でも、必ず寄付金を募って大騒ぎして建てています。……いずれにしても、あなたのように執念をもって徹底して慰霊顕彰を続けてる人はおりません。

それを霊界は知っているからこそ、私に霊夢をあたえたのです。そして、多くの霊があなたについてくることは、私がお話ししなくとも当然のことなのです……」

菅原さんは、私が個人的にいままでしてきたことばかりを、続けざまに語った。なるほど、それらはたしかに私のやったことで、彼女の言うことに間違いはなかった。私にしてみれば、好むと好まざるとにかかわらず、やらざるをえない事情があるのだ。

私は玉砕戦に参加した。当然その戦闘で死ぬべき運命にあった。だが、そこでは死ねなかった。九死に一生を得て生還できた。この奇蹟的な事跡は、偶然でなかった。死んだ戦友の霊魂が私を救ってくれたのである。つまり、私は生かされたのである。戦後の私は、生かされた恩恵に対して何をなすべきか、何をしてそれに報いるべきかという大きな宿題を課されたのである。その答は明瞭であった。私は、戦友の慰霊に、彼らの骨をひろうことに賭けねばと信じて疑わなかった。このことが私の信念なのである。

だから菅原さんは、私のことを過大評価しているのかもしれなかった。ともあれ、彼女の英霊に執心する熱意、敬虔な信仰を生甲斐とするその心に、私は頭のさがる思いをしていた。

彼女はさらに、

「あなたが今日ここに来ることもわかっていたのです。これが仏縁でして……。私が英霊のためにおつとめをしますと、不思議なことに、たくさんの動物や草木が現われるのです。それが霊夢となって……。しかしあなたは、そのことに気づいていないのです」

と言う。

私にしてみれば、菅原さんから、戦友が現われるのです――と聞かされるとばかり思っていたので、意外であった。というのは、私の体験では、戦跡に放置されている戦友の白骨を拾うつど、私は彼らの霊に〝どうぞ迷わず成仏してください〟と生きる者にさとすように言っていたからである。つまり、収骨の作業そのものが、私と霊魂とを一体に融和させてしまうもので、だから、当然英霊たちの霊が憑くはずであると信じていたのである。ところが、彼女は、〝動物と草木の霊だ〟と告げるのである。畜身と草木の死霊が憑くということは昔のことであって、戦後は全く聞いたことがない。あまりにも非科学的ではないか。だがしかし、菅原さんは、

「太平洋全域にわたる戦場では、魚雷、爆雷、砲爆撃によって、海中の動物がどのくらい殺され傷つき、植物が破壊されたか、数えきれません。そして、海中海上もさることながら、陸上では玉砕しているんですから、その数は何十億、いや何千億になるでしょう。これら畜身草木にも、それぞれ霊魂があることはおわかりでしょうね。その無数の霊の、早く安らぎをえて成仏したいという願いは、英霊の願いと共通なのです。それを思うと、不憫でなりません」

と強く説くのであった。

なるほど、米軍上陸前の艦砲と爆撃によって、島のあらゆる草木はことごとく吹飛んでしまい、島は裸にされた。そのうえ、堅い岩石の地表までけずりとられて、島形は一変してしまった。地上の動物たちは全滅して、一匹も姿を見せなかった。あれでは、地中の動物だって、生きられる道理はない。畜身草木は、疑いなく将兵が玉砕する以前に全滅してしまっていた。その悲惨さを、私はこの眼で見ているのである。

「私の会では、畜身草木までご供養する大目的があるのです……」とつけ加える菅原

さんの真剣な眼光と敬虔な姿——それは、私がこれまで全く気づかなかった畜身草木への同情、畜身草木を供養することの意義を教えていた。私は、それを諭してくれる仏法の有難さをまざまざと知らされたのである。

畜身草木とのこの関わりあいについては、私はパラオ本島でのことを思い出していた。この島には戦闘はなかった。だが米軍の計略にひっかかった。孤立無援の術中におちいって、異常な飢餓地獄と化した。食糧皆無の中の将兵は、地上と地中と海中のすべての動物をあさり、たべ続けた。地上の動物を捕らえてたべつくすと、次に狙ったのは地上の草木だった。草という草をすべて口にし、次は木の芽、木の芯、根をたべた。毒草や毒を持つ動物をたべて死んだ兵隊も多かった。

陸地のものをたべつくすと、こんどは海中に手榴弾をたたき込んで、魚類を殺傷してたべた。たべねば餓死してしまうのである。たべることは、草木と魚介類を殺すことにはじまる。こうした殺しが、とりもなおさず、将兵の生命を支えることとなったのである。彼らは畜身草木にたすけられたのである。これは、パラオ諸島に限らず、あらゆる島に共通した。菅原さんの説くとおり、何千億匹と何千億本無数の霊魂が、戦後三〇年余も、天と地の間に彷徨している。それが、いま、私には手にとるようによくわかった。菅原さんは、私がそのことについて認識したのを感じとってか、

「あなたにお見せしたいものがあります。どうぞこちらにお入りになってください」

と言って、私を案内した。そこは、奥の間だった。大きな、立派なお仏壇があった。

その前に私は立った。私はここで意外なものを見てしまったのである。

お仏壇の最上部、前面の枠のところに、横一面に二一枚の白い紙片が整然とさげて
貼ってあった。私の全神経の動きを停止させたものは、そこに書かれている文字だった。

亀　　　—十万匹の霊
魚　類—十億匹の霊
蝙　蝠—十万匹の霊
野　鳥—五万匹の霊
山　鶏—五万匹の霊
鼠　　　—十万匹の霊
蟹　　　—十万匹の霊
鰐　　　—一万匹の霊
猿　　　—一万匹の霊
百　足—十万匹の霊

甲　虫――十万匹の霊
蜥　蜴――十万匹の霊
蚯　蚓――十万匹の霊
蝶　――十万匹の霊
蛾　――十万匹の霊
虫　――十万匹の霊
貝　――十万匹の霊
珊　瑚――十万匹の霊
ジュゴン――一万匹の霊
草　木――十億本の霊

とあり、最後の紙片に、「畜身草木一切之霊供養者　船坂弘」と明記されていたのである。

「菅原さん！　この動物の霊を……私が……」

「はい、この二〇億万余の動物が、全部あなたをたよっているのです。あなたの両肩にいつものっているのです……。動物ばかりではありません。あそこに書いてありますように、草木の霊もです」

二〇億の霊魂――その数だけでも気が遠くなる話だ。それが、この肩の上に……。とたんに、私の両肩がずっしりと重くなるのを感じた。この無数の霊が、肩から私の身体の中に、ジリジリと入り込むのを感じとっていた。

「菅原さん、この動物の名前をどうして調べましたか？」

この動物名は、くしくも私がかつて必要を感じてパラオ博物館主であるアメリカ人に借用したROBERT OWENの〝ANIMALS OF PALAU〟(PALAU MUSEUM PUBLICATION)を調べた時に出てきたものばかりであった。それを思い出して、彼女に質問したのである。

「はい、動物の名前は、全部、霊夢によって知らされたのです！」

なんという偶然なのであろう！　私は彼女に対し言うすべを見いだせないまま、ただうなっていた。最初に亀が書き出してある。それが筆頭にあるのも不思議でならない。

私の家の応接室に、いつの間にかたまってしまった、いや、パラオの島民から、記念品としてもらった、三十数匹、四〇匹もの亀の剥製があった。自分でも、なぜこのように集まってしまったのかと不思議に思っていた。

ある日のこと、私が檀家総代をしている高樹町にある永平寺別院の高僧が見え、

「これはおめでたい部屋ですね」と言ったのち、意外なことを教えてくれた。

「あなたは八白土星でしょう。ですから、亀が集まるのです。実は、この年に生まれた方の守護神は、大日如来様なのです」

そのとおり、大正九年の生まれだから八白土星である。私の守護神は、まさしく大日如来様なのであった。

「ご存じですか？　大日如来様の化身は、亀そのものなのですよ！　四国に行きますと、それがよくわかりますよ。大日如来様のご神体に亀をおまつりしてあるところがあるのです……」

その時、私は亀についての数奇なめぐりあわせを回想せざるをえなかった。

米軍に包囲され絶体絶命の時のことである。すでに食糧は皆無だった。飲まず食わずで戦闘は一ヵ月も続いた。空腹のあまり、私は絶望の極に達していた。その夜のこと、無性に海岸に出たい欲望が起きた。海岸に出るには、決死の覚悟がいった。だが、そこに出ても、あるものは砂と海水だけなのだ。海水でも飲んだら最後、苦しくて気が狂ってしまう。それなのに、私は気のむくまま海岸にはいだしたのである。

そこで私を待つものがあった。全く偶然だった。それは、大きな亀の死体だった。米軍の魚雷にでも吹き飛ばされたのかもしれない。可哀想だと思ったのは瞬時のことであった。この肉が生命をつないでくれる——私は亀の重い死体を引きずって洞窟に入った。そこには死を待つ重傷者の群れがいた。〝水を呑みたい！　何でもいいからたべてから死にたい！〟とは、生に絶望したものの最終の欲望なのだ。末期《まつご》の水をほしがる者に、肉を与えたとしたら、生き還る可能性もある。

飢餓地獄の修羅の中で、亀の肉はビフテキよりも数倍おいしかった。重傷者は、鬼の首をとったかのように喜んだ。彼らは、わずかな亀肉をたべた勢いで、最後の力をしぼって斬り込みに出発した。もちろん私も亀の肉にかぶりついた。その時の味が終生忘れられない。牛肉の味にまさるものをさずけられたその時、空腹の絶望は去り、私は新たな活力と気力を与えられていた。私は、亀によって、絶望の死から逆転して、米軍の司令部に斬り込みをかける勇気をさずかったのである。

あの時、海岸に私を誘ったのは、誰あろう、私の守護神だったのである。守護神が亀に変身して、私だけではなく、あの多くの重傷者にも、活力と勇気をさずけたのに違いないのだ。

菅原さんが貼り出した動物のどれをとっても、それぞれにまつわる悲喜こもごもの話があることを追想すると、人間である以上、あの小さな蟻一匹にしても殺してはならないことを、肝に銘じて感じたのである。ましてや人間同士が殺し合いを誇りとし、人殺しの数が多いほど手柄の重みがつく戦争においてをやである。

「菅原さん。あなたのご指導を得て、これからは、英霊と限らず、畜身も草木の霊も同じように、せいぜい供養させていただきます」

私は、感謝のことばを述べて、菅原さんのもとを辞したのであった。


昭和四十三年、第三次パラオ諸島巡拝船坂慰霊団が、例年のように組織された。その時、菅原世津子さんも参加した。彼女は、供養した各所で、不思議な霊にたいする現象を見せてくれた。

出発直前のこと、菅原さんの指導により、無数の畜身草木に記された供養は実現されたのである。彼女が指導した造塔供養の方法は次のようであった。遺族である飯島正士さんが提供した堅木の四寸角でできた長さ七尺に及ぶ六本の供養塔の正面に、墨痕鮮やかに揮毫したのは田辺栄造、神保正三両氏であった。供養塔には、「パラオ諸島畜身草木一切因縁之諸精霊大悲生義所善起菩提心」「パラオ諸島一切英霊之諸精霊徳起菩提心」などと書かれた。

一本の重さ三〇キロ、合せて一八〇キロ――その供養塔はコロール、ペリリュー、アンガウルの三島に建てられた。各島の島民はこれを見て、〃木の慰霊塔がはじめて建った〃と、たいへん喜んだ。霊のことを全く知らない島民がこのように喜んでいるのを見た私は、英霊と畜身草木の霊魂を供養する念願がかなえられたことに、少しでも彼ら諸霊に応えられたことに、限りない喜びを感じずにはいられなかったのである。

その後も執念の慰霊行脚《あんぎゃ》は続いた。船坂慰霊団は第一〇次まで続いた。昭和四十年から四十九年までは一年のうち二回順調に訪島できたのだが、五十年にいたって、遺憾ながらくずれてしまった。それには、宿命的な理由があった。四十九年の秋、訪島をことごとくすませた後のこと、私は死ぬかもしれないと思うほど、生命の危機感におびえる時をむかえたのである。

その頃、私の会社では労働争議が続いていた。中小企業で争議がながびけば会社は倒産してしまいかねない――。私の危惧は続いた。その渦中で、思わぬことが起こった。私は組合側の攻撃に遭遇した。組合員に取り巻かれてもみくちゃにされたそのあげく、突き倒された。その時、私の腹部に異変が起こったのである。

私は、玉砕戦の最中に二四ヵ所に敵弾を受けていた。そのうちのいくつかが、いまでも残っている。残っているのではなくて、それらを摘出すると生命にかかわるおそれがあるので、残していたのである。異常の原因は、左腹部から飛び込んだ迫撃砲の破片であった。親指大のかなり重いもので、それが胃のすぐ近く、脊柱の脇で止まっていた。俗にいう盲管銃創である。そこが内出血して激痛を起こしたのである。呼吸が困難になるほどの苦しみに耐えながら、私は日赤病院にかつぎ込まれた。

戦後三〇年もたって、戦場で味わった苦痛を再び味わい、生命の危険にさらされるとは、それがこの時期であるとは、全く予想もしないことであった。

そもそも米軍によって受けた傷が、今度は自分の会社の社員によって、こういうことになろうとは……いいようのないむなしさであった。受傷以来絶え間なく刺すように痛む古傷。冬期には鈍痛、季節の移り目には鬱痛、雨期には重苦しい痛み――と、年中悩まされ、かつ考えあぐねるのは、運命が人を操る掟のむなしさであった。やはり死ぬべき時に生きたという悩みに翳る日々は苦しかった。このいまわしい掟を退けるには、弾片摘出によって宿命を変えるしかない。だが、どこの医師も摘出をこばんだ。成功の可能性が皆無のためである。深くくい込んだ場所が悪いのである。

受傷した時点で暫時戦死の状態にあった。奇蹟的に生き延びたけれども、すでに傷口に発生したうじが、時をおかずして腹部傷口一杯に繁殖していた。生身の体がうじにたべつくされることが予想された。このような異常事態がひき起こされたからこそ、私は最後の死に場所を選んだのだったが……。

ともあれ、よしんば日赤での手術が失敗に終わろうとも、今日まで生きながらえた戦後三〇年の日々が意義ある余生だったと思えば、悔いはない。たとえば、玉砕の折、奇蹟をいただかずにおれば、英霊と一緒に死んだのである。だから、死が目前に迫ろうとも、玉砕戦のすさまじい体験からすれば、最悪の時の決意も、案外たやすく定まるように感じられたのであった。

破片の位置測定のためのレントゲン撮影に四日を費やしたのは、医師がなんとか私を生かそうとしたためである。

いよいよ手術の日が来た。私にはその日が過去の斬り込みの日に該当するように思えた。あとは生きられるか没するか、天命を待たねばならない。覚悟はたしかだった。だが、祈りはあった。〝英霊の諸霊よ、畜身草木諸霊よ〟……。そして、あらゆる神仏に祈りを込めたのである。手術が成功しますようにご加護ください――私の最後の祈願であった。

私ははたして三度目の奇蹟をいただくことができるだろうか。一度目はうじに攻められた受傷の時、二度目は斬り込んで三日間戦死していた時である。

破片の四囲の肉状は、すでに腐敗したかたまりとなっていた。泥のような糊状の塊が出血して流れ出していた。そのあと腹部に張りめぐらされた神経のわずかな空間にいくつものピンセットが動き出し、短時間で破片を探し出し、無事に挟み出せるかどうか……。出血は多量すぎた。出血した範囲の内臓の機能は健在かどうか……。いくつもの危険があった。私の運命は、神と諸霊と医師たちに託されていた。「アッタ！　コレダ！」「成功です」その声は、私を三度誕生に導いた神と霊と医師とが、私に代わってあげた呱々の声にほかならないと思われた。

戦場で私が得た〝死〟についての結論、「人間とは、死ぬかもしれないと思っても、死ねるたのあらゆる条件が揃わなければ死ねないものである」——をつくづく思い返した。手術後の傷跡は、開口部の縫目がつれて、しばらく痛んだ。

このようなハプニングのため、渡島できなかったのである。だが、日増しに体調は回復しはじめていた。

不思議なことが続いて起こった。傷がよくなるにつれて、両肩が重く痛んだ。肩はやがて激しく痛み出して、もう動かない。手術の後遺症ではないという医師の診断さえ、信じられなかった。あらゆる加療の効はなかった。悩み抜いたのは、原因のない病だからなのである。その頃のこと、夢を見た。昭和五十年も秋になっていた。

無数の動物が——かつて菅原さんの家のお仏壇に貼ってあった動物たちが現われたのである。一〇億匹をこえるそれらは、私の肩の上に折り重なってウメキ声を出していた。異様な夢であった。

夢からさめて、私は考えた。一年渡島しなかったので、玉砕戦跡の諸霊が怒り出したのでは……。

私は、急遽単身で南方に出かけた。多くの霊にこたえねばならない、彼らが待ちわびているのだろう、それで彼らが夢の中で私の肩に……。

一年ぶりでパラオの各島を回った。コロール、ペリリュー、アンガウル、北方のバベルダップの四島で、充分な慰霊を済ませた。そのとたん、私の肩の痛みは、すっかり消えてしまったのである。

それまで続けた慰霊渡島を一回くらいできなくとも、彼らが怒ることはないはずである。私は手術の直前、〝南方の諸霊たちよ！　なにとぞこの手術が成功しますように！　私の生命を救い給え！〟と懸命に彼らに祈り、救いを求めた。それなのに、私は、全快したあと、彼らに感謝すること、合掌することを、全く忘却してしまっていた。そのことに怒ったのではないだろうか――。そうとしか思えないのである。

諸霊にこたえることになぜ気づかなかったのか……後悔は先に立たなかった。

英霊にも他の霊にも、心をこめてこたえなければならぬ事を、改めて痛感したのである。

話をもとにもどそう。

私が受話器を耳にあてていた瞬間から、柳沢さんは、私の一連の慰霊についてどう思っておられるだろうか……、私を単なる売名的な慰霊屋と思っているとすると、柳沢さんから話をひきだすことは、あまり期待できないかもしれぬ……と疑心暗鬼にかられた。だが、

「船坂さんが相変わらずパラオ方面に慰霊に行ってくださっていることを噂に聞いて、感心しています。栃木市のパラオ会発足の時には、今井明大尉とご一緒に来ていただきまして、たいへんお世話になりました。その後もパラオ会は盛会です。川井祐一さんや篠原征四郎さんなどと、よく集まって話をしています」

と、すでに私が失念していることまで柳沢さんは話してくれたのであった。

「私の住まいは、栃木駅のすぐ近くです。ぜひ一度お訪ねくださいませんか……」

柳沢さんの姿が私には見えるようだった。私は嬉しかった。この方なら、高垣少尉に関して、知る範囲のことは必ず洩らしていただけるであろう……。

「柳沢さん、実は、私は不思議なご縁をいただいて、高垣少尉のお母さんを知りまして、もう一〇年以上にもなるんです。高垣少尉の真相を調べてしらせてあげたいと苦労しているんです。そのためにわざわざガラゴン島を訪ねたこともあります。このこ

とは誰にも言わなかったのですが……。いろいろと調べました。そして今、私がどうしても知りたいと願っていますことは……高垣少尉が事故のため爆死したと少尉の部下たちも確信して言っているのですが、私には絶対に自決であるとしか考えられませんので……」

私は、ずばり自決説を柳沢さんの前に提示したのである。〝話は真実に優るもの無し〟そう信じる私は、躊躇せず、歯に衣をきせなかった。〝至誠天に通ず〟という言葉がある。至誠とは心である。目に見えない心さえ天に届くのだから、音声として現われ出た私の言葉が、柳沢さんに通じないわけはない。単刀直入に申しあげたことが効を奏したのだろうか、柳沢さんは慎重に、しかも心の底から絞り出すように、

「まだ誰にも話したことはありませんが……、実は船坂さん、私は高垣少尉のお父さんがご健在のうちに、どうしても一度ぜひお会いして、お話ししなければならないことがあるんです。一度は高垣少尉の家の近くまで行ったのですが、どうしても伺うことができませんでした。そういう機会がなかなか巡って来ないのか、あるいはその時期が来ないのか……。とにかく、会ってお話ししなければと思い続けて、もう三〇年余りを空しく送ってしまいました」

マカラカル戦場の歴戦の勇士だというのに、いまもって当時受けた高垣少尉との関

わりについての内面の苦しみを持ち続けているとは、全く意外なことであった。驚きというよりは、内面に受けた衝撃による痛みさえ感じた。

私もまた、言うに言われぬ苦悩にさいなまれた過去を持っていたからである。それは私の戦ったアンガウル戦場でのことであった。私が指揮していた分隊は、松島上等兵一人を残して全員戦死し、その松島もついに胸部に致命傷を負ってしまった。その時のようすを、私はおよそ次のように書いたことがある（『英霊の絶叫』）。

私は松島上等兵の胸部をのぞいた。乳を中心とした周囲には肋骨が数本あるはずだが、折れて血とともに砕け散ったのだろうか、一本もない。血は、軀を真白に変えてしまうかのように、とめどなく流れ出ていた。

〈手当をすれば、五、六時間はもつだろう〉

私はそう判断した。屍体や、むごい傷を厭というほど目にしているはずの私も、身近な人間の内臓露出にはすっかり逆上してしまっていた。きかない手を無理しながらも、私は消毒されてあった三角巾をガーゼがわりに傷口に当て、その上にさらしを幾重にも巻いた。傷の痛みはそれほど感じないようで、むしろ呼吸をするのが困難らしい。あまりに大きい破裂傷のためであろう。

手当を終えると、しばらく苦しい呼吸を続けていた松島上等兵は、やがて深い眠りに落ちていった。

開戦以来、われわれは横になって眠ったことがない。米軍がいつどこから襲撃して来るかわからず、われわれは警戒のため常に坐って眠ったものである。身体を横にして寝たときこそ、もはや動けなくなった時であり余命のないときであった。言い換えれば、その長い不眠と疲れから松島上等兵は解放されたのである。

「とうとう俺の分隊も全滅なのか……」

私は松島上等兵の寝顔を見やりながら、たまらない気持だった。死が自分のほうにも一歩近づいた淋しさである。

重傷者に水を飲ませることは危険で、生命にかかわる場合が多かった。しかし、最も水を欲しているのは重傷者であり、

「水が飲めたら死んでも本望だ」

という訴えも真実だった。私は松島のことを思うとき、満洲以来の苦楽を共にした戦友として、その水を隠すことはできなかった。三個の水筒を枕辺に置いた際の松島の顔、初めて飲んだ際のゴクゴクと大きく動く咽喉……それをいまでも忘れな

い。おそらく、彼の心は鬼の首でも取ったように嬉しかったことであろう。

その日も、私は松島を洞窟に置いて稜線に出かけて行き、岩蔭から一日中狙撃兵となって米兵をつぎつぎに射ち抜いた。松島はどうしているか、呼吸困難に陥ってはいないか、と気になるが、自分は生きている以上米兵と闘わなければならないと私は信じていた。夕闇に閉ざされる頃、私が洞窟に帰ると、松島は私が前日に射ち方を教えた米軍の自動小銃を固く握って私の帰りを待ちわびていた。

——その夜も、前夜と同様に、真夜中にカサカサという音が聞こえてきて、たとえようのない恐怖を感じさせたが、銃を構えて出てみると、照明弾の円筒をぶらさげたパラシュートが落ちて、洞窟の入口前の樹にひっかかってゆらゆらと揺れていた。

翌朝、それまではかなり元気だった松島上等兵が苦しみを訴えはじめた。負傷して三日目である。声の出せない彼は、傷口を指さして、「傷の箇所を診てください」とでも言うように身悶えするのである。

目を近づけてみると、包帯は真赤に濡れていて、今までとは違った症状を呈している。じっと観察すると、息を吐くときにはその血のしぶきが噴き出し、吸う時にはその噴出した血がさあッと引いてしまう。耳をすますと、ジブ、ジブ、シュー、シューという音があからさまに聞こえてくるのであった。呼吸のたびに傷口から空気が洩れているような感じである。間違いなく松島にとっては最期のときがやってきたのだ。私は彼が哀れでならなかった。何か意中を聞いてやりたい気分に駆られた。

「何か言いたいことはないか？……」

と私は彼に言った。聞いたとしても、私もやがては死ぬ身である。遺家族に伝言することなどは不可能であろう。しかし、彼は補充兵で故国には妻もあれば子もある。言い遺したいことは多いはずであった。……彼は声も出せない重傷ではないか、どんな方法でその言わんとするところを聞き出せばよいのか。紙も鉛筆もない洞窟のなかで、私はとっさに彼の枕もとになるべく近く身を寄せて、私の掌を彼の顔の正面に向けた。

〈私のとった態度の意味が、彼にわかるだろうか？〉

と、瞬間、私は心配になったが、それは杞憂というものであった。松島は動かない手を微かに顫《ふる》わせている。すでに硬直気味な彼の手は自分の意志ではどうにもならないのである。私はいそいで彼の右手に触れて、人差指で文字を書けるような拳《こぶし》にしてやった。時が経つにつれて、ジブ、ジブ、シュー、シューという不気味な音は、なおいっそう高く激しくなってくる。彼は私の掌の上でゆっくりと右の人差指を動かしはじめた。平仮名一字を書くのに三十秒から一分かかるようなありさまである。私も、一生懸命その書き文字を判読しなければならなかった。彼は、髪と髭の伸びた蒼白な顔を苦悶にひきつらせながら、それでも気力を振りしぼって書いた。

「ハンチョウドノ、ゴオン（御恩）ハシンデモワスレマセン。……ツマトカツボー（勝坊・三歳の愛息）ニヨロシク。……チチハリッパニハタライテ、メイヨノセンシヲトゲタ」

……これだけ書くのに、およそ三〇分はかかった。その一字一字を判読するうちに、私は泣くまいと努力すればすれほど、目頭が熱くなり、最後の文字を書き終って右手をだらりとさせたとき、涙の止めようがなかった。松島を失った私は、その後、米軍の司令部に斬込んで戦死するのだが、三日目に息を吹き返した。だがそこは米軍の手中であった。

私は米軍の捕虜となったが、その後辛うじて帰還できた。私は、まず松島上等兵の家に彼の遺言を届けねばならなかった。しかし、噂では、彼の愛妻は、すでに彼の弟さんと再婚して幸福に暮らしているという。また、松島が何日も呼び続けていた最愛の息子勝坊は、すでに他家に養子として迎えられたという……。なんということであろう。私は誰にどうして遺言を届けたらよいのか、ひとり苦悩していた。

それから十数年経って、ようやくのこと、松島家を訪ね、松島の奥さんに会ったのだが、そのとき私が精一杯の勇気をふるって言った言葉は、「松島は勇敢な働きをして立派に戦死しました」であった。それは、戦友松島が心から望んでいた遺言ではなかった。

松島は、当時三歳の勝坊を抱いた妻が彼の遺言を待っていると信じていたのだが、境遇の激変しているその妻と息子に、しかもそれぞれが幸せに暮らしているのに、誰が波を立て風を起こすような刺戟を与えられるであろうか……。

高垣少尉の場合は、戦死して中尉に昇進し、斬り込みの勇士として立派に村葬にもされていた。遺族は、内心には疑惑を抱き不満があるとしても、一応落ちついて、幸せに暮らしている。

私が松島上等兵に遺言すら届けることを躊躇した以上のむずかしい立場に、柳沢さんは置かれていた。

伝えたい、だが、相手がそれをどう受け入れるか、うかつには伝えられないという立場は、まことに苦しいであろう。

やがて私は、柳沢さんが慎重に伝えてくれた「高垣少尉のお父さんがご健在のうちに……」という言葉に含まれる幅と意味をはかり、あるいは高垣少尉の遺言でも持っているのではあるまいかと推測した。

誰かがどこかにいると考えていたその人こそ……そう感じた瞬間、〝救われた〟と私は思ったのであった。事実私は、高垣少尉とその母の間に挟まれてしまっていた。もうこのことからは解放されたいものと思うことが、幾度もあった。それがいま、柳沢さんとの出会いで果たされる。同時に、柳沢さんも、三十何年も抱き続けてきた煩悶から解放される……。

「柳沢さん、お父さんにお会いしなくても、高垣少尉のことは、私がすでに九九パーセントは調べました。あとは、柳沢さんが高垣少尉について知っていることを私にお話しくだされば、私から何らかの方法で、お父さんにもお母さんにも必ずお知らせいたします……」

「そうしていただけば、私も気持が軽くなります。実は、高垣少尉よりいただいた、米軍の毛布があるんです。米軍からの分捕り品です。私にくださった記念品ですが、これを、遺族の方にお渡ししようと思っているのです。ぜひよろしくお願いします」

私は受話器を握る掌が汗ばんでいるのを急いで拭いて、さらに受話器を固く握った。

妻に、テレビの音量を低くするように目くばせした。

「柳沢さん、あなたと高垣少尉の出会いは、どこで、どのように……」

「もう三三年前のことですので、正確ではありません。あの時、船坂さんは一大隊でしたね。私は二大隊でした。斉々哈爾《チチハル》にいた十四師団に動員が下りましたね。南方派遣命令です。防諜上〝イ号演習〟という秘密呼称を使ったあの動員は、十九年三月一日を動員編成の第一日とし、三月五日には編成を完了しましたね。それから斉々哈爾の南大営を出発したのが三月十日です。あの時の動員には、関東軍司令官の特別の計らいで、この部隊は軍の虎の子部隊としての精鋭ぞろいだからといって、現役の下士官と兵と将校を他の師団から転入させたのです。その時に捜索十四聯隊も師団に配属されましたが、高垣少尉はそれとは別に、私のいた第二大隊に転属してきました。そして大隊本部付となったのです」

「その時が高垣少尉との初対面だったのですね」

「いや、そうではないんです。当時、私は、主力部隊が出発した三月十日を遡る五日前に、第一回の先発隊として、旅順に行きました、主力部隊を収容するために、設営準備をしたのです。主力部隊は、三月十二日から十四日までかかって、旅順に到着したのです。それから約一〇日間、そこで特殊訓練をしました。あの頃は、目が回る忙しさでしたが、当時の記憶の中には、まだ高垣少尉はおりませんでした」

「三月二十五日に旅順を出発して同日大連に到着し、二十八日にそこを出帆しましたね。その頃は?」

「それ以降ではなかったかと思うのですが……」

「その月の三十一日に鎮海に寄港、四月一日に鎮海を出てその日に門司に入港、それから四日に横浜入港、六日に横浜を出帆しましたね。その時、横浜で、在学中、出張中の将校が全部集結して乗船したんですから、その時かもしれませんね」

「その頃もまだ……高垣少尉はおらなかったように……。とにかく、たいへんな動員だったので……」

「では、輸送船の東山丸の中で遭ったのでしょうか……東山丸には歩兵五十九聯隊の主力が乗っていたんですから……。われわれと一緒に乗船していたのかもしれませんね、高垣少尉は……。パラオ島のコロールに入港したのが四月二十四日から二十八日の間でした。そこでは?」

「パラオでは高垣少尉はおりました。その記憶はあるんです。

当時、二大隊長は仲森玲司郎大尉、それから須藤国雄中尉(現在寺内)と私、主計の和賀井健中尉、軍医の尾野正二中尉、同じく神谷大七郎中尉、そうそう須藤中尉が二大隊の甲副官で私が乙副官、私の下に高垣少尉がいたのです……。少尉との初対面はどうしても思い出せません……。しかし、パラオでは私の下におりました」

柳沢さんの記憶の中に、高垣少尉のありし日がしだいに明確に浮かびあがってきた。

「高垣少尉が口ぐせのように言っていたことを思い出しました。

〝悠久の大義に死にたい。ただし、ほんとうに、その機会があればです。もしこの戦場に、その機会があればです。そういう機会がなければ、その機会を自分で捜し出してでも、大義のために死のうと思います……〟

普通の将校でしたら、酒の力をかりないと言えないようなことを、歯切れのよい口調で、平然と言うのです。そういう時の高垣少尉の態度は、実に威厳があって立派でした。そうですね、ちょうど士官学校出身の大隊長のような、そんなふうに見えました。彼のような人を、国士とか、熱血漢とか言うんでしょうね」

「柳沢さん、そのほか、なにかご記憶に残っていることはありませんか？」

「高垣少尉は捜索隊出身でしょう。急に歩兵隊に来たものですから、歩兵のことについていろいろ質問するんですよ、うるさいくらいにね。そういう点、彼は偉いものですね。感心しましたよ」

「あなたのことですから、親切に手をとって教えてあげたのでしょう？」

「いいや……私など教えるなんて……」

柳沢さんは謙遜していた。第二機関銃隊の中隊長まで務めたこの人については、その部下だった岩内光男少尉に、人柄について電話でたしかめていた。〝たいへん立派な方で、軍人としては珍しく温情がありました。だから、兵隊に非常に慕われました。現在でも第二機関銃隊の集まりがありますが、柳沢隊長を慕って六〇人も出席するんですよ〟ということであった。

柳沢さんのような人格者であれば、数多い将校の中でも、兵隊にも同輩にも後輩にも特に慕われたであろうことは、よく理解できた。高垣少尉も、どんなにか中尉を頼りにしたろうか。

「パラオでは、高垣少尉を弟のように可愛がったのでしょう？　たぶん高垣少尉は、あなたを兄貴とも思っていたのでしょうね……」

私は、高垣少尉と柳沢中尉との間は、強い「戦友道」で互いに信頼の至情を結んだ仲であろうことを推察していたのである。

# 悠久の大義

「高垣少尉と柳沢さんの初対面は、いつごろ、どこで……」

私は、執拗に質問を繰り返したのだが、その時にはついに確答をうるまでにはいたらなかった。それもそのはず、もう三十何年も昔の、しかも戦場のことだから。もっと時間を掛けねばならないと思った。

だが、少尉と柳沢さんとは意外にも歩兵五十九聯隊の第二大隊本部に一緒にいたのであった。それがわかったことだけでも私にはたいへん嬉しかった。私は第一大隊だった。少尉は、私のごく身近にいたのである。軍隊では、自分の中隊以外のことは案外わからないものである。中隊は完全にそれ自体で団結しているのだから、他中隊にも大隊にも用事がない。考えてみると、私が斉々哈爾《チチハル》にいた丸三年間、他中隊に行った経験は、同郷の初年兵が入ったときの数回しかなかった。軍隊の生活は、籠の鳥同様なのである。

ともあれ、第二大隊本部に属していた頃の少尉の姿は、柳沢さんのたしかな記憶の中に浮かんだ。私の次の質問に対する答は、スムーズに流れ出た。

「そうですね。わかりやすく言いましょう……。テレビでお茶の間の人気を集めた連続番組〝木枯紋次郎〟を見たことはありますか……」

「はい、よく見ました、面白い番組でしたね」

「船坂さん、あの木枯紋次郎を、パラオにつれて行って、現代という時代に再現させたのが高垣少尉です。高垣紋次郎とでも言うのが最も的確でしょうね」

意外な人物を引き出してきたものだ、面白いたとえであると思った。続けて、

「私は、紋次郎が画面一杯に現われて、胸のすくセリフで活躍し、男性的魅力を存分に発揮するのを見ると、高垣少尉をすぐ思い出すのです……。度胸があって、義侠心が強く、熱血漢で、正義を守る……紋次郎と同じでしょう。一度剣を抜けば、必ず相手を倒す。だがそれを当然の行為として高ぶらないすばらしい男でした。

男の中の男、という表現がありますね。でも、幡随院長兵衛とか清水次郎長のような、侠客とかやくざとかいうのとは全く違うのです。言うなれば、いつも武士道と大

和魂の精神を発散させている男、とでも言いましょうか……」

　大変な贔屓《ひいき》にしていたのである。ガラゴン島に斬り込んで大戦果をあげた時の感激がいまだに心の中に焼きついているのであろうか？　ガラゴン斬り込みの実績をも加算して評価しているのであろうか？

　そうではあるまい。「あの子は、大胆で、曲がったことの嫌いな性質でした。そして頑張り屋で、心の優しい子でした」こうヨシノさんの口から幾度も聞かされていた。母のこの言葉は、暗に柳沢さんの評の裏付けを果たしていた。

　少尉の部下だった人たちから、少尉の斬り込みの武勇伝の実相をくわしく告げられた時も、この将校はただの人とは違うと感じた私であった。

　〝幹部は熱意以て百行の範たるべし。上正しからざれば下必ず紊《みだ》る。戦陣は実行を尚《たつと》ぶ。躬《み》を以て衆に先んじ毅然として行ふべし〟と戦陣訓は教えている。少尉の指揮の的確さは、よほどの胆力を必要とする。また一貫した勇猛果敢な行動は、勇気と決断力と実行力を必要とする。戦闘中に重傷を負った部下を、自ら背負って行動した点、そして部下の安否を気遣って、その確認に当たった点などを総合して評価すれば、まさに名将である。加えて米軍に与えた損害を考え、まれにみる生還の事実をも熟慮すれば、陸軍戦史上かつてない勇将であり、智将である、と私は信じていた。日露戦争以来の軍神といわれた人々の行動と、少尉の行動とを比較してみても、その優劣は歴然とわかるであろう。

「柳沢さん、少尉の人柄は充分にわかりました。次に、少尉の風貌ですが、弁慶のようにたくましかったのですか？」

「とんでもない。美男子でしたよ。少し面長の顔でしたが……。紋次郎を演じた中村敦夫さんとよく似ていたのです。いつも気合が充実していて、活潑でした。典範令の中から生まれてきたような、軍人には最適の人でした。特に記憶の中で強く残っているのは、少尉のシャキシャキした口調です。ズーズー弁の野州人ばかりの五十九聯隊でしたので、少尉の歯切れのよい言葉が、ことに目立つのです」

「私がしばらく前にヨシノさんからいただいた写真は、見習士官当時のものでしたが、それを見た私の感じでは、恰幅がよくて、いかにも強者《もさ》らしいタイプでした。顔の形は、大山巌元帥によく似ているように思いましたが、違うでしょうか？」

「違いますね。背恰好は、体格は、なんとなく舩坂さんによく似ていました……」

このやりとりの後、一通の手紙を受け取った。高垣少尉爆死の直後に検死に立ち会った広島の佐々木先生からである。高垣少尉が事故死だったたか、自決だったたか、電話

で問いただした折に、高垣少尉の人物評をぜひ知らせてほしいと懇願しておいた返信であった。それには、

「高垣少尉は、短いあご鬚をたくわえた美男子でした。精悍な顔貌にもかかわらず、いつもニコニコとした顔が私の脳裡に焼き付けられております。

しかし、その心中に秘められた不退転の決意が見受けられました。それは焦燥促迫といったものでなく、悠々迫らずというか、春風駘蕩、明鏡止水といった古武士的な心境ではなかったか、と思われます。なお、私は軍医として巡回診断の折、高垣小隊に数度訪れましたが、そのころ原地人の空家と思われる民家に宿泊しておりました小隊には、一糸乱れぬ統制がありました。強固な団結と、〝われ太平洋の防波堤たらん〟という熱意のもと、高垣少尉を中心として、生死を共にしようという空気あり――と感じられました。

少尉は、豪放磊落にして清濁併せ呑むといった、いうなれば国定忠治のような典型的な北関東男児のタイプでした。彼を失ったことは師団の損失であり、実に惜しい人物を失くしたものと思っています。

また、考えれば、ガラゴン斬り込みは、しょせん勝算のない、無謀な攻撃でした。しかし、寡兵よく戦い大成功を収めたことは、奇蹟的な事実でした。

不可能を可能ならしめたその武勲は、建軍以来の数ある決死隊中、最も勇敢沈着、よくぞ敢闘した、と賞讃を惜しみません」

と書かれていた。

佐々木先生が高垣少尉の悲壮な爆死の実態を回想しながら書いたであろう、この人物評は、彼の輝く勲功をも語るものであった。

「船坂さん、あなたも高垣少尉に劣らずよく戦いましたね。私は、戦史室の公刊戦史を見て初めて知ったのですが、高垣少尉の戦歴より多くあなたの戦歴と個人的な武勇伝が詳しく記載されていますね。これを見て、五十九聯隊の誇りだと思っています。また、北関東軍健児の闘魂の発露だと信じております」

私は柳沢さんにこう言われた時、高垣少尉の人格の全貌を総括して、彼を坂東武士の典型的なものとして感じとった。

高垣少尉と同様、私も北関東に生まれ育っていた。そこに縁ある者の一人として連想されるのは、伝統ある坂東武士の根性を育てあげた、反骨の英雄平将門である。

将門は反体制への烽火を揚げたが、志ならず、死後、民衆に祀られた反逆の武将である。彼は高垣少尉と同じ次男坊であった。少尉の生家は豪農、将門は豪族の出身、その性格は勇猛にして果敢、情厚く、その戦法は常に寡兵をもって大軍を破った。将門は「石井の館」の夜襲では、わずか一八人に満たない手勢を指揮して勝利を収めたという。世にいう将門の乱は、時の権力に挑戦してもう一つの正義を主張した、日本最初の世直し叛逆事件であった。この将門と高垣少尉に、私はある共通点を見出していたのである。

かりに高垣少尉が事故死でなく、私の予感どおり自決であるとすれば、その死こそインパールの三十一師団長佐藤幸徳中将と同じように、最高指揮官井上師団長と司令部のお偉方に対して、怒りをもって反省を促すための手段ではあるまいか。

私は、インパールの佐藤中将が「軍は兵隊の骨までしゃぶる鬼畜となったのか。私は即刻、一身を犠牲にしてでも矯正したい――自分一人が悪人になればよい」という意味のことばを残して、敵前を退却し、一万人の部下を救った判断と業績を、尊いと思う。軍律を犯してまで徹底反抗したことは、将門に劣るまい。高垣少尉が日頃主張していた、〝悠久の大義〟とは、必ずしも華々しく戦って死ぬことではあるまい。大義のためならば、一つの正義を完遂するためならば、反抗もよし、反逆もよし、無言の死もよし。……その時の高垣少尉の目的がはたしてどこにあったのか？

話をもとに戻そう。

「それで、少尉とどんなふうに接触しておられましたか?」

「大隊本部というところは、ご存じのように、副官がいて、定員外の将校がいて、軍医がいて……少尉はそんな中で私の副官の仕事の手伝いをしていました。彼はよく『俺の祖父は日露戦争で活躍し、父は陸軍中尉で在郷軍人の分会長です』と胸を張っていました。暗に〝俺の家は軍人一家である。その中でも俺がいちばん功名をあげなければ……〟と言い、七生報国、悠久の大義の実現を考えていたのでしょう」

「その頃、第二大隊は何をしていましたか。当時のことを公刊戦史で見ますと、次のように書かれているのですが、記憶ありませんか。

師団がパラオに上陸して間もなく、歩兵十五聯隊と五十九聯隊の第二大隊は、海上機動第一旅団輸送隊基幹を加え、照集団機動部隊として編成され、パラオ本島の西海岸にあるガラマド湾のガスパンを本拠にしていた。海上と陸上の機動反撃を準備して、米軍を撃滅しようとしていた。それも短期間で、五月の末には、アンガウル島を守備していた聯隊の主力に復帰した――と」

「そんなことはありませんよ。もしそれが事実でしたら、二大隊の一個小隊くらいではないでしょうか。とにかく、パラオに上陸して、揚陸作業がすむとすぐ、アンガウル島に戻りました。あの時は、江口聯隊長以下の歩兵五十九聯隊は、全員アンガウル島の守備についたのです。二大隊は北地区防衛を担当しました。高垣少尉もアンガウル島にいたのです。そこで四、五、六、七、八月と四ヵ月余にわたって陣地構築に没頭したのです。

ところがその間に、米軍は六月十五日にサイパン島に上陸し、七月九日、同島は玉砕しました。この玉砕を契機に、次のパラオ上陸を予測した中央部は作戦の変更を熟考していましたが、米軍は続けて七月二十一日にグアム島を攻撃しました。次はパラオが危ない、特にパラオ本島が手うすということで、七月二十八日にはアンガウルの守備を一大隊後藤隊にまかせ、われわれ二大隊と三大隊はパラオ本島に引き揚げたのです。

それから一ヵ月半経った時、米軍はペリリューとアンガウル島に各一個師団ずつ上陸したわけですが、その間、大本営の命令で、照集団長はいよいよ決戦に備えるために、六月十二日に独立第五十三旅団山口武夫少将以下六〇〇〇名からなる新設部隊を編成したのです。

高垣少尉はこの時にこの部隊に転属したのです。船坂さんの書かれた『サクラ　サクラ』にある、歩兵五十九聯隊の将校職員表の二大隊の編成表には、二大隊の定員外の筆頭に高垣少尉の氏名が記載されていますね。あれは、高垣少尉が独立第五十三旅団に転出する直前に五十九聯隊本部で作ったもので、製作年月日を見ますと、十九年五月十二日とあります。これで、少尉が私の大隊から他の部隊に転属したことがおわかりですね。その職員表を製作した直後に転属したのですよ」

「では、高垣少尉の転入した独立旅団とは、どんな部隊で、その後どうしたのですか？」

「独立五十三旅団とは、つまり主力大隊は歩兵第三百四十六大隊から第三百五十一大隊までの六個大隊と、旅団工兵隊、山砲兵四十一聯隊、野砲六聯隊の人員をもって旅団砲兵隊を編成したものを加えた新設部隊なのです」

「私たちがパラオに上陸した時は、パラオには、海軍や船舶工兵隊の人員は少ししかいないと思っていました。陸軍が少ないから、われわれ十四師団がこの島に来たのだと思いこんでいたんですが、旅団を新しく編成するほどの兵隊がいたんですね。驚きましたよ」

「サイパンが危ない、明日にでも米軍は上陸するかもしれない、そんな時に、現地で旅団の編成などしているんですから、大本営は何を考えていたんでしょうね……」

「その頃でしょうね、内地では、東条英機大将が、米軍がサイパンに上陸したら思うつぼだと言ったのは……」

「軍の中央部は、南方の実状をしっかりと把握していなかったのですね……。

その頃、パラオはラバウルにいた第八方面軍の後方補給基地でしたので、第八方面軍の参謀黒田中佐が兵站業務に当たっていたのです。私たちがあの島に上陸した時点で、一万人あまりもの部隊が滞留していたのですから、驚きましたね。その滞留部隊は、老大佐を長とする兵站部隊もいれば、上等兵二名の南方追及部隊もおりました。所属部隊ごとに分類しますと、第八方面軍部隊関係だけでも一二〇個隊になります。それから、第二方面軍関係の部隊が五五個隊ですから、一万一〇〇〇人にもなりました。パラオから先は輸送船でニューギニアに推進したかったのですが、船舶が不足していて、どうにもならなかったのです。この頃、すでに米軍の潜水艦が太平洋の制海権を掌握してしまっていたのですね。サイパンが玉砕する以前にこんな実態だったのです。軍の中央部は、サイパンがやられると、あわててこの一万余の滞留部隊で新しく旅団を編成すべく、五月四日に旅団編成の命令を出したのでした。

十四師団がパラオに到着する前に、パラオの守備隊長山口武夫少将の山口部隊本部を新設する旅団司令部とし、多田中佐を参謀として編成したのです。その頃、引野中佐が指揮していた第五十七兵站警備隊を独立歩兵第三百四十六大隊としました。このほかに、五十一師団の残留者と先述した滞留者を加えて第三百四十七大隊を編成しました。また、四十一師団の残留者と滞留者で三百四十八大隊を編成して十四師団副官の由良四万吉中佐が大隊長になりました。次の三百四十九大隊は歩兵十五聯隊から山本勝衛門少佐が来て大隊長に、三百五十一大隊は歩兵二聯隊から大里信義少佐が来まして大隊長になりました。旅団砲兵は神山茂少佐が指揮し、旅団工兵は麻間貞次少佐がこれを指揮する……、旅団の編成はこうして完結したのです。

さらに五月二十二日には、残余の滞留部隊をもって独立第四十九旅団、三百二十三大隊—三百三十大隊の八個大隊を新設して、ヤップ島の防衛に当たった。さらに七月十日には、パラオ地区の在郷軍人を召集し、ますます戦備を強化したのです。その頃、アンガウル島北地区の第二大隊本部にいた高垣少尉は、急遽この旅団に転属を命ぜられて、再びパラオに戻ってきたのです。

私がアンガウル島で高垣少尉の転属を耳にしましたのは、五月十五日頃だったと思います。米軍来攻が近いと予想されていましたので、陣地構築を急いでいましたため、一秒の時間も手が離せない状態でした。ですから、高垣少尉を見送ることも、別れの言葉を交すこともできなかったのです」

「高垣少尉は何大隊に入ったのですか」

「歩兵第三百四十六大隊、つまり引野中佐が率いる引野大隊に入ったのです。そしてこの大隊の副官になったのです。この新設旅団はその後パラオ地区隊となってパラオ本島とコロール付近の防備につきましたが、それもつかの間でした。六月三十日に引野大隊はペリリュー島の歩兵二聯隊の北地区守備隊として増員されました。そこで高垣少尉も、ペリリュー島守備隊に加わりました。ですから、水戸の二聯隊長中川州男《くにお》大佐の指揮下に入ったわけですね」

「よくわかりました。ペリリュー島には海軍の飛行場がありましたし、米軍が狙っていた所ですから、必ずここに上陸すると予想されていました。高垣少尉は喜んだでしょうね、この島で悠久の大義を実現したいと念願したでしょうから……。柳沢さん、有難うございました。ペリリュー島の二聯隊配下の引野大隊に高垣少尉が転属した経緯がよくわかりました。それから先の少尉の行動については、少尉の部下だった四人からお話を聞きましたので……。

考えてみますと、高垣少尉が栃木県人で編成した歩兵第五十九聯隊を離れた瞬間、山口旅団に転属になった時に、決定的に少尉の運命が狂いだしたのですね。高垣少尉自身は、ペリリュー島なら必ず米軍が狙ってくる、ここが俺の活躍する最適の場所である、俺はここで死ぬと心に決めていたでしょう、あの気質ですから……。人間の運命は、全くわからないものですね、神ならぬ身では……」

満州の富拉爾基《フラルキ》捜索聯隊から斉々哈爾の五十九聯隊に転属し、パラオに上陸してアンガウル島北地区に、アンガウル島からパラオ本島に再び戻り、パラオ本島から新たにペリリュー島に、ペリリュー島からさらにガラゴン島に、それからさらにマカラカル島に、そしてガラゴン島に斬り込んで再びマカラカル島に帰還する……わずか一年間の間に、七度も変わったのである。高垣少尉の波瀾に富んだ宿命的な行動は、こうして進んでいたのであった。——少尉の胸中には、変転するつど、悠久の大義のための死の覚悟が着々と固められつつあった。

「柳沢さん、その後、サイパン島が玉砕したので、次はパラオ本島が危ないというので、私のいた後藤大隊だけアンガウル島に残留させ、二大隊、三大隊はパラオに引き揚げましたね。残された私たちは、一個聯隊で守備していた島を、こんどは一個大隊だけで守備するんですから、大人の寝巻を子供が着ると同じでした。全島の陣地の守備区域は三倍に増大し、そのあげく米軍が近づいたことを証明するように、毎日の空襲でしょう。そんな中で、アンガウル島の将兵は、牛馬のように陣地造り、あまりの過酷な重労働と暑さとに、気が狂いそうでした。海岸に攻めよせる米軍の上陸船艇を妨害阻止するため、椰子の木を三本交叉させ、そこにロープを張って、水際には戦車壕を二重、三重に掘り巡らせ、その後方に陣地をいくつも死にもの狂いで造りました。しかし、情ないことに、それらは米軍の上陸準備の艦砲で全部吹っ飛ばされてしまったのです。師団長や参謀長は何を考えていたんでしょう。サイパンの戦訓でそれが無駄だとわかっていたのに、なぜ作戦参謀はそれをやらせたのか。水際撃滅だなんて考え出した軍首脳部の無責任さ、幼稚な考え方は反省されねばなりません。しかし、いずれにしても、第二、第三大隊はよい時にアンガウル島を引き揚げましたね。皆さんが引き揚げて四十五日目の九月十五日にペリリュー攻撃が、その二日後の十七日にアンガウル攻撃が始まったのでしたからね……」

「私たちが引き揚げてから、急に空襲が激化しましたね。パラオもコロールも徹底的にやられました。アンガウル、ペリリュー上陸と同時に、パラオ本島に上陸する気配がありましたので、われわれもたいへんでしたよ。でも、アンガウル島ペリリュー島両守備隊が徹底抗戦してくれたので、米軍はパラオ本島やコロール島に上陸することを断念したのでしょう。しかし、両島が玉砕した直後から、米軍はペリリュー島から北上してパラオ本島とコロールの両島を狙い続けましたね。そこで、十月十二日以降は、照集団は、米軍の動静を探るために、捜索拠点をペリリュー島の北端に進出させたのです。まずはじめに、十五聯隊坂本勲大尉の指揮する八〇名の捜索隊員がマカラカル島にその本拠を置き、続いて、捜索も必要だが北上する米軍を攻撃しなければパラオは危ないというので、同月十五日に小久保荘三郎大尉の指揮する海上遊撃隊をマカラカルに派遣して、坂本捜索隊と交代させたのです。その時の海上遊撃隊は二組に分散しました。小久保隊長は第一遊撃隊十五聯隊の田村武男中尉を隊長とする以下一三二名とともにマカラカル島に進出し、第二遊撃隊は八六名の隊長として私柳沢己未男中尉が指揮してウルクターブル島に進出したわけです。ここでペリリュー島からの米軍北上を完全に阻止し、米軍を攪乱し、撃破するために、積極的奇襲遊撃戦を開始し、鯨島、三ツ子島以北の各島の確保に当たったのです。

私がマカラカル島に進出した頃に、ガラゴン島の高垣少尉は、ペリリュー島に復帰するように命令されたのでしょう。そこで第一の誤解を受け、続いてガラゴン島が危険なのでマカラカル島に移動して、ここで第二の誤解を受けたのでしょう。当時そのような戦況でしたら、誤解する方にも、された方にも、それぞれに戦場特有の条件と心理的な理由があったと思うのです。参謀にしてみれば怒るのが当然、高垣少尉にしてみればあの行動が当然、この両者が妥協するなんてありえません。特に、軍隊では、階級の差、上下の差がすでに軍規であり軍法なんですから……。とはいいましても、この時を契機として、高垣少尉の悲劇の運命が本格的に芽を出して、その芽がしだいに変化していくんですから、少尉と参謀の出会いは、運命の出会いだったのですね。

それにしても、高垣少尉はたいへんな男でしたね……」

「柳沢さん、たいへんな男って、ガラゴン島斬り込みの活躍のことですか？」

「いや、そうじゃないんです。ガラゴン斬り込み成功後に、さらに人間として考え、英雄として苦悩した上で、ある解決策を考えた、高垣少尉の寛大な心のことですよ……」

「そうすると、高垣少尉は、その決着をつけるために死のうと考えていたのですね。そのことについて何かがあったのですね？」

「高垣少尉がそのためにどんなに苦悩したか、私にはわかるのです……」

柳沢さんは、しばらく沈黙を続け、やがて問題の核心に触れはじめようとしていた。

「高垣少尉が忽然と私の前に現われたのです」

「それは、どこででしたか、いつのことでしょうか？」

意外な話の展開に、私が耳をそば立て、思わずかたずをのみ込んだ時、柳沢さんは言った。

「船坂さん！　たびたびのお電話に恐縮しております。この次の日曜日に世田谷のお宅まで伺って、この続きをお話しいたしましょう……」

この日は、とうとう肝心な話は聞けなかった。

これまで、柳沢さんが会社から帰った頃を見計らって、毎晩のように電話をかけ、高垣少尉のことをたずね続けていた。こんどは柳沢さんが私を訪ねてくれるというのである。じかに会いたいという柳沢さんのことばを「これからの話が高垣少尉に関する要点だから」というように聞きとった私は、次の日曜日の柳沢さんの来訪を待つことにしたのである。

一月の中旬、柳沢さんは、はるばる栃木市から訪ねてきてくれたのであった。

# 武士の心情

「全く予想外の再会でしたので、びっくり仰天しました。でもその反面、こんなに喜んだこともありません。高垣少尉がそれまでたどってきた苦難の前歴を、わがことのように案じていたんですから……。

少尉が、あの一件を、天がおのれに与えた宿命として考えたにせよ、軍人としての最大の屈辱であると受けとったにせよ、いずれにしても、彼にとってたいへんな問題だったでしょう。

不可能と誰もが信じていた斬り込みが、驚天動地の大戦果を挙げました。けれども、この大戦果の陰に、胸中に充満する不満、憤怒に堪え忍んだ艱難辛苦の日々のあったことを思うと、同情を禁じえませんでした。そうは思っても、一介の中尉では、何もしてあげられません。やたらと気をもみ、心を痛めるだけでした。

その少尉が、突然に、凱旋将校として、私を訪ねて来たのですからね……」

「柳沢さん！　その気持、よくわかります。奇蹟の対面、思いがけぬ再会ですね。嬉しかったでしょう……。ところで、その場所はどこだったのですか」

「ウルクターブルのジャングルの中だったのです。先日お話しいたしましたように、私の指揮する第二遊撃隊のいた島なのです」

ウルクターブルとは、パラオ語である。パラオでは、一般に日本名がつけられている島が多かった。たとえば、松島、軍艦島、癩病島、猫の島、椰子の島、鯨島と呼ぶようにである。だが、柳沢さんは、その島には日本名はついてないという。そのとき私は困ってしまった。私はウルクターブル、ウルクターブルと頭の中でくり返した。だが、どうしても思い出せない。〝パラオ諸島には大小約一〇〇以上の島があるんです〟と親しい島民フミオ・リンゲルから説明されたことがあった。第二遊撃隊がいた島だとすると、当時の戦況から推して、ペリリュー島に近い大きな島ではなかろうか……。パラオの離島は南北に延びた一線上に点在している。あの中のどれかなのだが……。私はパラオを第二の故郷と思っている。かつてあの島の一つから生き還ったという宿命的な思い出があり、そこには私の多くの戦友が眠っているという条件も加わっているからである。私はそのパラオ諸島一帯の略図を頭の中で描いてみた。

北から南に向かって延びた島、パラオ諸島の最北端に在る最大の島が、バベルダップ島で、これがパラオ本島である。その南のアルミズ水道を渡ると、その昔南洋庁があったコロール島。その南に二つの島がある。一つは海上基地のあったアラカベサン島、他の一つは師団の上陸に際して輸送船が入港したマラカル波止場のあったマラカル島。その南がマラカル水道である。その向こうの島が問題の島ではないだろうか……。その島がウルクターブルであるとすれば、その南にはヨオ水道があり、その向こうに高垣少尉がかつてガラゴン島から移動したマカラカル島があることになる。

パラオ本島からアンガウルまで、最北端と最南端の間約一二〇キロ、その中央に細長く、一〇キロくらい続く帯状の島、屛風を立ててその両端を西に曲げたようなコの字型の島が、ウルクターブル島であろう。柳沢さんは、ここで田辺勝一郎少尉、三上義市少尉を小隊長とする第二遊撃隊を指揮していたのであろう。

「柳沢さん、わかりました。ウルクターブル島は、ペリリュー島に行く時に左手にいちばん長く延びた島で、海上から見ますと、そそり立った岩山が多い、不気味な島ですね。……柳沢さん、あの島は無人島ですね」

「そうです。たまたま、二人の島民が、この島にボタンを作る貝を――たぶん高瀬貝でしょう――それを取りに来て、ヨオ水道の海岸に小舟を置いときましたら、舟を米軍に砲撃されて帰れなくなったのですね。その二人だけが、この島に置きざりにされたのです。竹男と次郎という島民で、この二人が献身的に協力してくれましたので、たいへん助かりました。いきなり無人島に来まして、何もわかりませんでしたが、二人がいろいろなことを教えてくれたのです。彼らは今、どこにおりますでしょうか……。

この島の南北がコの字に曲がって突き出ていますね。それが長靴によく似ていますので、長靴島と呼んでました。私たち遊撃隊は、三号無線機を持って、長靴のくびれたところに当る場所にいたのです。島では最も低く平坦な所でした。そのすぐ北の台地の大木の上にヤグラを組んで、観測所をつくったのです。ガラゴン島やペリリュー島がそこからいちばんよく見えましたので……。そこで、ペリリュー島以北から私たちの島の眼下に浮遊する敵の駆潜艇、小型舟艇の移動やペリリュー戦場の戦況を観測してその情況を細大洩らさず司令部に報告し、あわせて夜間の海上遊撃の準備をしていました。司令部への報告は三号無線だったために、敵に傍受されるんです。そのたびに敵の長距離砲に狙われまして、メチャクチャに砲撃されて苦労しましたね。でも、島には自然の洞窟がありましたので、命だけはながらえました……。

私のおりました島の南にマカラカル島がありました。そこに高垣少尉の一個小隊がいたのです。高垣少尉は遊撃小隊長で、小久保大尉の指揮下に置かれていた第一海上遊撃隊長田村中尉の配下にいたのです」

「その島までの距離は近かったのですか、高垣少尉のいたマカラカル島と、柳沢さんのいたウルクターブル島では……」

「両島との間にヨオ水道がありまして、その水道は約三キロくらいあります。しかし、私は島の中央に、少尉は向こうの島の南部にいましたので、距離にして約一〇キロはありますから、近いとはいえませんね。両島ともに米軍の砲撃目標下に置かれていましたので、連絡がとだえていました。ですから、高垣少尉に会いたくても、会うことはできませんでした。

ところが、その日、部下が監視していた望遠鏡に、不思議なものが映ったのです。誰かが泳いで来るという報告を受けました。米兵なら射殺しなくてはなりません。もっとも米軍が泳ぐわけはありませんが。誰だろう、米軍に見つかったら、蜂の巣にされてしまう、いのちしらずの無法な奴もいるものだ、と思って、私も双眼鏡でヨオ水道をのぞきこんだのです。ヨオ水道は、潮のかげんによって流れが早く、それだけでも危険なのです。ましてや戦場でしょう。よく見ますと、日本兵が、片手で悠々と泳いでいるのです。驚きましたよ。もう一方の手で小脇に何か荷物を抱きかかえているのです。ですから、特殊任務を帯びた水中伝令とは思えません。とにかくたいへんな泳ぎの名人なんですよ。そのうちに、視界から消えてしまいました。ウルクターブル島の岩山の崖下に近づいたためでした。

それから三時間くらい経った頃でした。ウルクターブル島のジャングルをかきわけて、第二遊撃隊の本部に近づく者がいるのです。ジャングルといいましても、この島は岩礁で覆われて屹立した大地は歩くことも困難なのです。それだけではありません、島の岩山は森林なのです。見あげる大木の下には、繁茂した南国特有の木立ちが藪をつくりだし、その藪をぬうように、ロープのような蔓がからみついています。こんな不気味なジャングルを歩くには、暑さも加わって、一キロ進むのに一時間はかかるのです。

ガサガサという音の中から、

『柳沢中尉殿はどこですか』

とよぶ声がきこえました。

その歯切れのよい口調で、高垣少尉であることがすぐにわかりました。

『高垣少尉！　ここだ、ここにいる！』

と呼びかけると、少尉はジャングルからその姿を現わし、私を発見して小走りに駈けよりました。

赤銅色に陽焼けした少尉は、一段と逞しく、古武士のようでした。死線を彷徨し、万死の中に一生を得たという強烈な戦闘体験からにじみ出た、不屈の沈着さが全身から発散しているように感じられました。

アンガウル島で少尉が転属して以来、既に数ヵ月経っておりました。

『柳沢中尉殿！　しばらくであります！』

力強く差し出す手を、私は固く握りしめました。

感きわまって、二人ともしばらく声も出ませんでした。その時、高垣少尉の眼に、かつての鋭さと燃えたぎる闘魂の現われが失せているのを、ありありと見たのです。私は心の中で、ガラゴン島で獅子奮迅の斬り込みをして鬼神をも哭かせる活躍をしたのだから、闘魂のすべてを燃焼してしまって、身心ともに疲労しているのでは？……と思いましたが、しかし、考えてみますと、剛胆不屈の彼には、疲労困憊などという言葉など全く受けつけない気概があったはずです。何か人知れぬ苦悩でもあるのでは？……と気がかりでなりませんでした。

『高垣少尉！　斬り込みに成功しておめでとう。無事に帰還されて、何よりだったね。

これで、何もかもすべて挽回できたわけだね。よかった……よかった……』

〝すべて挽回〟この言葉こそ、少尉の心をねぎらう何にもまさる再会の贈り物として、私は信じて疑わなかったのです。

しかし、意外でした。少尉は私に言葉を返すように、

『中尉殿、挽回はできませんでした……すべての挽回はこれからいたします……』

と、謎のような言葉を投げかけたのです。どういう意味なのか、その時の私にはわかりませんでした。

私は続けて、

『少尉の輝かしい武勲が認められて、個人感状を受けて、軍人としてこの上ない名誉なことと、私も喜んでいるよ』

と、さらに彼をねぎらったのです。

しかし、少尉は私のこの言葉を心にとめようともしないで、

『あの斬り込みは、部下たちが実によく闘ってくれましたので、大成功を収めたのです。しかし、三名の部下を失ったことが、残念でたまりません……』

と言うのです。

斬り込みによって得た戦果、その功績を、部下に譲っているのです。

戦陣訓に〝総じて武勲を誇らず、功を人に譲るは武人の高風とする所なり〟とあります。少尉はその通りを実践しているのです。私は感動させられました。

この勇士は、〝衆寡敵せず〟という諺さえ覆した剛の者である。米軍陣営の真っ只中に斬り込んで暴れまわってきたのに、かすり傷一つ負っていなかったのです。

さらに、〝鬼神も哭く〟という言葉も私は思い出しました。高垣少尉こそ、鬼神を哭かせる働きをした武人ではないかと……」

「柳沢さん、この感激の再会はいつ頃のことなのですか？」

「三月の初旬の頃でした」

「昭和二十年の三月ですね。すると、少尉が事故死したのが三月九日ですから、その日の直前のことでしたね」

「そうなのです。少尉は、大事そうにかかえてきた一枚の米軍の毛布を私に差し出して、『これはガラゴン島に斬り込んだ時、米軍から分捕ったものです。どうしても中尉殿に記念に差し上げたかったのです。私の遺品と思って、できましたら内地に持ち帰っていただければ……』そう言って、わざわざ届けてくれたのです……」

そう語る柳沢さんの声には、言いしれぬ感動の余韻があった。

戦史室発行の公刊戦史に「十一月八日夜には高垣勘二少尉以下九名の集団海上決死

遊撃隊が、ガラゴン島に斬り込み、米兵多数を殺傷、補給品等を鹵獲した……」とあるのを記憶していた私には、それが貴重なその中の一品であることがすぐわかった。

少尉が決死敢闘した時の毛布を柳沢さんに……やはり私が予想していたように、この両者は、〝互に信頼の至情を致し〟の戦友であった事実を、ここで如実に知った。喜びのなかで、私は、やがてこの人によって、残された〝死〟の意味も解きほぐされてくるかもしれない。あの母に真相を告げられるという可能性もいよいよここで現実化することを予想した。そう思うと、私の心臓の鼓動はしだいに高鳴りはじめた。

「毛布を渡す時に少尉が添えた二つの言葉が気になりました。〝私の遺品〟〝内地に持ち帰って〟……私は、『高垣少尉！　おまえはまた斬り込みに参加するのか』とたずねました。ところが、『私は、近く、すべてを挽回しようと心に決めております。そのことについて、私の主張が正しいかどうか、聞いていただきたいのです……。中尉殿がすでにご存じのとおり、私のこのたびの斬り込みについては、師団をあげて斬り込みを讃え、私までを英雄扱いしています。〝勝てば官軍、負ければ賊軍〟ということもわかるのですが、お偉方は、なぜ、あの時、私を誤解したのでしょう。私が理由なく抗命し逃亡する男だと思われたことが気になって、私は精神的にまいってしまいました。せめてあの時、私のとった独断専行の理由だけでも、なぜ聞いてくれなかったのか……それを思うと、たまらなく淋しいのです。そういう高級将校が、日本陸軍の中に堂々とのさばっていると思うと、我慢できない。そういうたちの私なのです……。私の理想は、〝悠久の大義に生きる〟ことに変わりありません。私がいま、この理想を変えることは、自分の心をいつわることになります。自分の心をいつわってまで生きようとは思いません。私は少年の頃から《葉隠》が大好きでした、葉隠の精神こそ、日本武士道の根本と信じて疑いません……。中尉殿もご存じのように、《葉隠》の真髄は、〝武士道とは死ぬことなり〟につきることであります。

私は現在、誤解された事実をこのまま見過ごすべきか、こんご誤解することのないように忠告すべきか、二者択一を迫られているのです。こういう場合、《葉隠》は絶対正しい方を選びなさい、と教えています。正しきを選ぶはむずかしい。誰でも人は、死よりは生を選ぶに決まっている。だから、生きるために多くの理屈をつける。そして生きていても、もし失敗してなお生き続ければ、必ず腰ぬけとあざけられるのが常です。ところが、死を選んでいれば、それは犬死だとか狂気の沙汰とののしられても、決して恥にはなりません。恥にならないことが、つまりは武士道の本質なのです』と、高垣は武士道を説くのです。

高垣少尉が口ぐせにしていた〝悠久の大義〟とは、〝葉隠の武士道〟を指していたことを私はここで知らされました。

通常誰もが、師団長以下一兵士に至るまでがそうであるように、戦場の死は一途に祖国へ対しての、天皇陛下に対しての死であると覚悟を固めるというのに、高垣少尉の場合は、武士道を貫いた死こそ――、と覚悟している、その次元の高さに、私は恐縮してしまったのです。

高垣少尉は、さらに『勝つとは自分に勝つことだ』と主張しました。『私がガラゴン斬り込みに勝ったのは、物理的に米軍に勝ったのではありません。自分に勝てたのです。だから、私は、今後も自分に勝つことを信じているのです。誤解されたことに勝つにはどうすべきか。それには再び誤解されぬように死ぬことがあります。その死は、高垣個人の死でなく、高垣以外の人も誤解されないように反省を求める死に変わります。つまりは、自分の気力でそれを処理する必要を信じるのです。もっとわかりやすく言いますと、強靭な自己の意志力をもって、自己にふりかかる不利な条件を最も有利な条件に逆転させるということです。それがためには、へいぜいから、味方数万の侍の中に自分に続く者がいないほどに、自分の心身を鍛えていなければ……これも《葉隠》の教えです』というのです。

高垣少尉は、口先の理論としての武士道でなく、おのれの行動の純粋性を主張し、その燃えるがごとき情熱とそれに従って生ずる力を肯定し、花も実もない死と思われるところにさえ、人間の死としての最高の尊厳をみつけるということを主張していたのです。『中尉殿！　ご理解いただけましたか。私が日頃感じていますのは、陸士や陸大を出た軍人専門家たちが、武人としての根本に葉隠精神をおくことを、文字として話としてはそれぞれわきまえてはいるんでしょうが、それを実践躬行しないことです。このような武士らしくない武士たちを見ると、日本陸軍の将来が不安でなりません。もっとも、武士といっても、ブシ、サムライ、ノブシ、ローニンというように、昔だって武士にもさまざまあったのですね……』――これは、高級将校、おそらくは師団長以下参謀たちへの、忠告、諫言、と思われる言葉でした」

「そういう話を、少尉は、大隊本部ではしなかったのですか、《葉隠》のことですが」

「全くしませんでした。この人は普通の人とはおよそ次元の違う、高い教養と修練の過去があるとは感じていましたが」

「高垣少尉は、怒って、激憤して話すのですか」

「それが、怒りなど全く現わしません。平常の時と同じ、あの静かな口調なのです……。腹が出来ていたんですね……」

私は、ヨシノさんから耳にした少尉の青年時代の話を思い出した。

「あの子は、宇都宮県商を卒業してすぐ、満州の会社に勤めました。十七歳で蒙古に行って、小さな出張所の所長になって、多勢の中国人を部下に持っていたのです。ですから、日本人の威厳とか、教養、修養といったことについては人一倍勉強しておりました。特に、精神的な鍛錬は、十七歳で所長という立場、責任において、身につけたのですね……。それから、満州でひどい流行性の赤痢にかかって入院したのですが、その時お医者に見離されて、もうだめだと言われたのです。でも、十九歳くらいのあの子は、俺はまだ死ねない……そう言って、精神力で生き抜いたという子でした……」と。

この話一つにしても、高垣少尉の人となりは、われわれのように平凡な青年期を過ごした者とはちがっていた。彼は、彼独特の生き方の中で固めた思想を持っていたのであった。

「柳沢さん、では、《葉隠》の話の根底に、あの時受けた誤解に対するうらみつらみ、憎しみの感情がひそんでいた形跡を全く感じなかったのですか？　俺はあの時、武士として最大の屈辱を受けて、くやしくてどうにもならん……というような……」

「誤解された、と幾度も繰り返しておりましたので、私は、実は内心、誤解を最大の屈辱と思って、その誤解をとくために、この少尉が何か報復の手段でもとるとしたら、どえらいことをやってのける……こういう人が堪忍袋の緒を切ったら、たとえば師団長以下高級将校を師団司令部に集めて、すべてを爆破してしまうかもしれない、少尉の斬り込みの実績からおして、そのくらいは簡単なことだと思って、内心ハラハラしていたのです。ところが、先ほども言いましたように、全く次元が違うので、私の変な危惧は、吹っ飛んでしまったのです。ともあれ少尉は、武士道に照らして誤解を解決するには、死をもってこれに対処せねばならぬという結論に達していたのです……。

私は、そこで、高垣少尉に、武士道の死を何としてでも思いとどめさせねばたいへんなことになると思いました。

『高垣少尉！　おまえの主張する点は、よくわかった。しかし、現にパラオ戦線は、米軍の物量と科学による攻撃によって、はずかしいことにこんなにぶざまに圧倒されている。この現実をどう見ているのだ。死力を尽くして勇戦したにもかかわらず、アンガウルでもペリリューでも、つい昨年末、玉砕したではないか。あの島で玉砕した戦友の仇を、誰が討つのだ！　この戦況では、仇討はおろか、われわれのいるこのウルクターブル島も、おまえのいるマカラカル島も、さらに敵に北進されればパラオ本島だって、米軍に占領される日はそう遠くはないはずだ。今まさにパラオ戦線は危急存亡の秋《とき》にある。こういうせっぱつまった時にこそ、おまえのいう武士道の死、つまりは、皇軍の真髄である〝必勝の信念〟が必要ではないか。ましてや、おまえが自らの手で攻撃をかけたガラゴン島斬り込みのように、不可能を可能にした事実、大戦果を挙げた前例はないのである。師団には、綺羅星のごとく将校はいる。だが、高垣少尉、おまえがやってのけた斬り込みほどの経験と、それによって得た輝く武勲を持つ者はいない。だから、おまえの武士道を生かして、来たるべき決戦によって、さらに度胆を抜くような活躍をしてくれ！　おまえが以前から絶えず主張していた〝悠久の大義〟に生きてくれ。それ以外の〝武士道〟の死を選ぶことは絶対に考えてはならない！　高垣少尉！　いいか、よく聞いてくれ！　先ほど、再会したときに俺は言っただろう、すべて挽回した、と。俺はそう信じているんだ！　ガラゴン斬り込みの大戦果によって、誤解はすべて帳消しにされたではないか。参謀だって、誤解を認めたからこそ、感状まで出したのではないか。挽回したことは、事実として素直に受けとめるべきだ。

もう少し聞いてくれ！　おまえも俺同様に、将校教育を受けるため予備士官学校に行ったはずだ。戦場心理を学校で学んだろう、それを思い出してくれ！　戦場においては、誰だって心理的に常識を欠く。参謀だって、一介の人間ではないか。階級と立場が異なるだけだ。ここで考えてみよう、当時の参謀の心中には何があったかを……。

アンガウル、ペリリューは米軍の猛攻によって徹頭徹尾蹂躙された。戦果も期待ほどでなかった。ペリリューのごときは、逆上陸援軍として飯田大隊まで送ったにもかかわらず、遂に玉砕して果ててしまった。この一つを考えても、参謀にしてみれば、悲憤慷慨の極に達していたはずだ。あるいは錯乱した心理状態だったかもしれない。そんな時に、ペリリュー島守備隊として、その一環を背負うおまえが参謀の面前に現われたのだから、戦場心理から推して誤解を受けるのが当然だろう。おまえにしてもそうではないのか。直接師団長に申しひらきしようと考えずに、誰か中間に将校を立てて、たとえば江口聯隊長にでも依頼して、間接的に順序を踏むべきだったのではないか。もっとも、そうしようとしても、じっさいは突然に参謀と遭遇してしまったのだが……。いずれにしても、誤解に起因しているのだから、水に流してくれないか、高垣！　頼む！』と説いたのです……」

「柳沢さん、それで高垣少尉は納得したのですか？」

「大きくうなずいてはいました……。頼む！　頼む！　と手を合わさんばかりの私の気持を察してくれたのでしょう。その時は沈黙したまま、大きくうなずいていたのですが……。

『柳沢中尉殿！　私は、浅野内匠頭が堪忍袋の緒を切って吉良上野介に斬りつけたような刃傷沙汰を起こそうというのではないのです。そんなことをすると、私の関係している海上遊撃隊や私の部下たちに迷惑がかかります。そんなことは、いっさいいたしません。そのかわり、師団長以下照集団の上層部が、高垣少尉はなぜ……と考える、そういう契機を創りだしたいのです。誰にも迷惑をかけず、ごく静かに。そういう手段はないものかと思案しております。たとえ静かな小さな行為であっても、それが強烈に感じられる方法は……と』

夜遅くまで語りあいました。うたたねの間も、寝苦しい、息詰るような一夜でした。翌朝、彼は発ちました。『部下が待っています。早く帰りませんと……。柳沢中尉殿！お世話になりました。毛布を差し上げることができまして、気持が軽くなりました。いろいろとご忠告いただきまして、有難うございました。帰ります……』

焼けつくような南国の陽ざしが、ジャングルの中を蒸しはじめていました。南を見れば、椰子の大木の間に、焼け爛れて無残な姿のペリリュー島の玉砕のあとが見えました。その向こうにアンガウル島が見え、その島のすぐ北の海上からマカラカル島周辺まで、おびただしい数の米艦船が浮遊していました。それらは、無気味な砲口を、いずれもこちらに向けて、狙っていました。高垣少尉は再びヨオ水道を泳いで、ロック・アイランドを通過し、魔の海を渡って帰って行くのです。私は懸命に祈りました。

高垣！　無事に帰ってくれ！　そして、生き長らえて一緒に故郷に帰るのだよ！
と」

# 石の勲章

「昭和二十年、終戦を迎えようとする年の三月十日、その日が忘れられません……。その朝のこと、私は息詰るような思いに……」

柳沢さんは、沈痛な思いを、静かに語りはじめた。

その時、私は、高垣少尉の悲報を知らされたのです。〝高垣少尉は、昨九日、マカラカル島において、手榴弾により事故死せり〟との報告は、私を愕然とさせ、心臓が停止してしまったかと思うほどの衝撃を受けました。

やはり死んだのか、……とうとうやったのか……。あれほど〝頼む！〟を繰り返して、懸命に説得したというのに……、高垣は俺の忠告を聞いてはくれなかったのか……。惜しい、全く惜しい。あの勇士を失うなんて……。もっと説得すべきだった……。

そう思うと、断腸の思いがしだいにつのり、やがて私は、良心の苛責にせめられたのです。私があれ以上くどくどと言っても、短時間で説伏することは、とうてい不可能なことだった。いや、私の力では彼を納得させることは無理だったのだ……。いや、結局は私の諌め方が足りなかったのだ……。高垣少尉を説伏できなかった慚愧の思いが涙になって現われ、それが雫となって両頰を刺すように流れたのです。私がかつて感じたことのない熱い涙でした。

高垣少尉が私を訪ねたのは、つい二日前のことでした。あのとき、高垣少尉は、この決定的な日を予定していたのか。そのために私との訣別を必要としていたのか……。それでわざわざ訪ねてくれたのか……。するとあの毛布は？……。

私はあの日、あるいは……と、その日が訪れるかもしれないことを予期してはいました。だが、それはまだ遠い日のことであろうと感じていたのです。ですから、今度は私が高垣少尉を訪ねて、なんとしてでも説得しなければ……と思っていました。

あの時、少尉はとつぜん、『葉隠』を引用しながら、〝二者択一を迫られている〟〝勝つとは自分に勝つことだ〟〝己に降りかかる不利な条件を有利にする〟〝ごく静かに〃といった言葉をもらしていました。彼のあの時の言葉のすべてが、今日の悲劇の前ぶれだったのです。

毛布を私に渡してくれた時などは、〃これを私の遺品として〃あるいは〃これを父か母に渡して〃とたしかに言いました。その言葉のいずれをとっても、高垣少尉は、すでに自決の意志を告げていたのでした。しかも、静かに行動するというあの言葉は、爆死して事故に見せかけるという、その手段をさえ暗黙のうちに私に物語っていたのです。

ああ！　なんという事なのだろう……。自らその方法を予告し、そのとおりを自らが実現する。――残酷、悲愴ということよりは、悠揚迫らざるその決意に、武士としての意気に、さらにその自決の持つ意味に、誰が心を動かされない者があるでしょうか……。

だが、彼が自ら求めて決行したその自決は、はたして第三者の内面に彼の意図する何かを及ぼし、何らかの影響を与えたであろうか……。昇天していま、それらの効果を確認することをなしえたであろうか？……。私は高垣少尉の悲願を思い、言いしれぬ憂慮と焦躁にかられたのです。私は、心の中で叫んでいました。高垣少尉の自決は、ただ単なる死ではないのだ、この死を〃事故死〃として扱い、記憶の中に閉ずべきでない！　と。

　私は高垣少尉の形見となった米軍の毛布を、しっかり抱いて考えました。昨日九日の高垣少尉の自決が、なぜ今日の十日に発表されたのだろう？　これも高垣少尉の企図したことに起因するのではなかろうか？　と。

　当時、遊撃隊の島と島との連絡は、すべて五号あるいは三号無線機によってなされていました。ところで、マカラカル島周辺には、米軍の駆潜艇や小型船艇が所狭しと浮上し、ペリリュー島との連絡を遮断していました。夜間は海上遊撃隊の攻撃を恐れて、その警戒はきわめて厳重でした。特に敵はマカラカルとウルクターブル両島の遊撃隊の拠点を砲撃しようと狙っていました。やたらに無線機を使用すると、その電波は傍受され、目標として砲撃される。だから、遊撃隊は、早朝か午前に無線を使用していました。それで、自決が正午から午後に決行されても、その報告は翌朝となるのです。少尉はそのことまで計算してはいなかったか……。

　なぜ十日を狙ったのか？　その理由として思い当たることがあります。

　三月十日を、陸軍にとって最も意義の深い日としてみなす伝統と歴史がありました。日露戦争は大日本帝国にとって国運を賭けた開闢以来の戦いでした。上下一体となってロシアという大国と二つに組んだ戦いでした。この戦争の大勝利を決定的に示したのが、奉天の大会戦です。日本陸軍は、辛うじて奉天を陥落させて、勝利を収めました。この日が三月十日だったのです。爾来、この日は、陸軍にとってたいせつな記念日と定められたのでした。

大東亜戦域は、地球上の四分の一を占めるほどの広大な面積に及び、そこで日本軍が頑張っていました。敗色濃く、悲報相つぐ時だけに、広大な地域に分散している全陸軍将兵は、この記念日に一縷の望みをかけていました。激戦地などでは、この日をさらに意義づけるため、特攻斬込を企画して戦果を狙っていたのです。

パラオでも同様でした。司令部では、井上貞衛師団長を囲み、参謀長多田大佐以下の参謀が額をよせ合って、この日の夜間攻撃を計画していました。その最中、高垣少尉爆死の悲報を耳にしたのです。

勇士高垣少尉はすでに集団の生きている軍神であり、個人感状を持つ日本陸軍の精華でした。その英雄が、突如、司令部に投げかけた波紋は、あまりにも大きすぎました。爆死、しかもその武勲、天聴に達したほどのあの勇士が事故死など……いや自決なのだ……と深刻で痛烈な反問を繰り返したのです。高垣少尉が予想した以上の反応があったのです。

以上は柳沢さんの話を私なりにまとめたものであるが、私には高垣少尉の意中には、さらにもう一つの狙いがあったと思われる。

というのは、ちょうどこの日は、師団が満州の駐屯地を出発して南方派遣への征途についた、師団にとっては最も身近に記念すべき日であったのである。またこの日は、奉天占領の日から満五〇年にして、しかも斉々哈爾出発以来満一ヵ年という偶然をともなってもいた。

〝関東軍は鬼よりこわい〟とは、その徹底した訓練による強さの代名詞であった。師団は、その関東軍の中でも、随一の精強部隊だった。関東軍随一とは、日本陸軍随一ということである。われわれはそう信じ、またそう自称していた。

それが、その日からわずか一年を経た現在、師団の実態は、あまりにも極端に変貌していた。もはや師団とは名ばかりであった。すでに主力部隊としての強剛水戸二聯隊はペリリュー島で消えていた。同島に高崎十五聯隊から応援軍として増強された剛者ぞろいの千明大隊も、逆上陸援軍として勇猛ぞろいの飯田大隊も。さらに、宇都宮五十九聯隊の第一大隊である後藤大隊をあわせれば、二個聯隊が玉砕してしまったのである。この玉砕によって米軍に与えた損害もたしかに絶大であった。だが、精神的な被害を最も強く受けたのは、師団に残された将兵ではなかったか。歩兵部隊として、残されたのは五十九聯隊の二個大隊と十五聯隊の一個大隊だけなのだから、他の配属部隊にしてもいかにも心細かったろう。あの精強を誇った師団の戦力は激減してしまい、後に残されたパラオ本島とコロール島の防衛すべき地区は、アンガウル、ペリリュー両島の何十倍も広いのだから。

こうして照集団は、実質的戦力は三分の一となり、集団から一変して照聯隊となっていた。これを誰が一年前に予想したであろうか。パラオ守備隊はこの戦力の激変によって、新たな苦難の途を彷徨する。だが、将兵の志気は旺盛であった。僚友の玉砕の仇討をいかにせんかという気概と、師団の名誉にかけてもここだけは死守せねばならぬという必勝の信念は、ますます強固であった。

一方、米軍はその合理的作戦である蛙跳攻撃をもってサイパン、テニヤン、グアムの、いずれも飛行場拠点のみを狙い撃ちした。ここパラオも然りであった。比島攻略の関門としての足場をペリリュー、アンガウル両島に求めて、比島攻撃を進めていた。一月九日、米軍は予定どおり比島のリンガエンに上陸、破竹の勢いで日本のいう絶対国防圏の拠点のみを狙った。やがて大東亜戦の天王山を比島のレイテ島と見た大本営は、ここに一〇万の兵力を投入した。だが、制海制空の両権を握られてしまった戦争などは、勝敗いずれにあるかは明らかであった。

パラオ守備隊に報ぜられた比島決戦の戦局は、悪化の一路をたどりつつあることを示すものばかりであった。当時、パラオが空襲されはしたが米軍に上陸されなかったのは、パラオを完全に孤立させておけば、ここにいかなる強力な部隊がいても、その末路は餓死しかないと予想した米軍の、賢明とも合理的ともいうべきたくみな戦略にほかならなかった。その敵の予想どおりになったのがメレヨン島である。

高垣少尉は、それ以前に、この実態を察知し、パラオの前途を憂えていたのではないか。さらに、他のより大きな予想をも立てていたのではあるまいか。つまり、あと五ヵ月、約一〇〇余日にして、日本は決定的敗北の日を、敗戦という開闢以来の屈辱の日を迎えるであろうことを。米軍の手によって武装解除され、伝統ある栄光の軍旗を焼却し、パラオ集団の終焉の日の来ることを。日本陸軍の壊滅を。

少尉は、そんな屈辱に堪えられるはずのない自分を考えたであろう。三月九日の自決の持つ意味の一端を支えた理由の一つとして、私はこのことをあげねばならないと思うのである。

さて、ふたたび高垣少尉が憂えていた当時のパラオの実情を回想してみよう。パラオは全くの孤立無援であった。大本営としては、連合艦隊の壊滅した今、何をもってしてもパラオを救おう、という意志はなかった。比島さえどうにもならないのだから……。だが、敗色の濃い皇軍の全般的な実情など知らされず、わかるはずもない下級将兵は、必勝の信念にのみ固着させられていた。大本営からさえ忘れられた集団の立場に気づいたのは、かなりあとのことである。〝腹がへっては戦はできぬ〟という。いくら鍛えられた者でも、必勝の信念だけで生き抜くことの不可能であることを、やがて悟る時を迎える。

メレヨンの悲劇は他山の石にあらず、ここパラオにも忍び寄った魔の影は、飢餓地獄であった。

飢餓におとされた原因は、軍官民あわせて五万人もの人員が、ここパラオ本島に蝟《い》集《しゅう》してしまったことにある。軍人以外の人々を内地に送還しなかった、軍の責任は大きい。

たとえ五万人分の需要を充たす食糧の備蓄があったとしても、ジャングル内に集積したままでは、飢えさせようとたくらむ米軍の思う壺であったろう。なぜ地下倉庫を……と今さら言っても後の祭りであるが、野積した食糧品の山は、惜しいかな、米軍の爆弾の目標のための集積でしかなかった。

米軍の空爆が九月から激化したのは、南部パラオの二つの航空基地を利用しはじめたからである。二つの基地とは、アンガウル、ペリリューの両島に本格的に新設し整備拡張したもので、前者は大型機の、後者は小型機の滑走路の完成を意味した。十月を迎えて、空襲はより激化した。米軍の空襲の狙いは、パラオの地上の日本軍をいかにして餓死させるかにあった。しかも新米のパイロットを養成するための爆弾投下、機銃掃射の練習場に利用されたのだから、パラオ本島、コロール島周辺は、目も当てられない惨状を呈した。そのころ、地上に在った将兵をはじめ民間人の恐怖は、胆をつぶしてもなお足りないほどであった。食糧は決戦用のもの以外は皆無となった。

こんな中で、海上でも海中でも、各種遊撃隊を編成し、特別攻撃隊をもつて米軍に体当たりを続けたのは、戦果は別問題として、関東軍の闘魂によるものであった。

十一月三日、パラオ集団は現地自活要綱を発表した。切れ者といわれた多田参謀長は戦陣訓にあやかって、「戦場病魔に斃るるは遺憾の極みなり」と強調してきた。その手前もあり、また病魔に斃れる原因をつくり出してきた己の責任上から考えたのは、餓死を乗り切るためには、それまで各隊が実施していた農耕と魚撈を本格化することであった。集団の戦闘目的と農耕魚獲作業を兼任させたのである。

当時、師団経理勤務隊にいた鵜藤一豊准尉から送られた資料をみても、その苦労は筆舌につくせない。直接戦闘に従事しない軍人軍属はもちろん、官民を挙げて鍬をとり、米の代用として甘藷《さつまいも》とタピオカを植えつけること、つまり島を挙げての現地自活、農耕増産であった。その日を境に、関東軍は文字通りのパラオ農耕部隊に早がわりしたわけである。

一日一人当たり代用食一・五キロ、生野菜一〇〇グラムの生産が目標だった。

高温多湿の土地柄、甘藷の成長は早かった。餓死から救われるかもしれないという希望はわずかに持てたのである。だが、それも淡い夢だった。米軍がそれを見のがすわけがない。爆弾は農耕地に大穴をあけ続けた。代用食の確保が困難になった。昭和二十年を迎えてから食糧事情が急激に悪化したのは、米軍機来襲が頻繁化したためである。

激化する空襲の中で、司令部はさらに開墾地拡張を計った。だが遅きに失したこの計画には、無理が続出した。すでに栄養失調の初期をむかえた兵隊には、開墾作業は支障が大きすぎた。健康体でも、パラオの三〇度を越す平均気温は堪えがたかった。振りあげる鍬の重さにふらつく兵隊、彼らはみな、幾日かして餓死する運命を授かっていたのである。兵隊で栄養失調にならない者はごくわずかとなった。ここはすでにメレヨン島につぐ第二の悲劇の舞台と化しつつあったのだった。

農耕もさることながら、海の幸に恵まれたこの島は、魚介類の宝庫であった。これも主食代用の大きなウェイトを占めていたのであるが、米軍はその漁撈さえ許さなかった。

当時、一日の米の配給はマッチの小箱一杯だった。マッチ箱一杯の米は、約一〇〇〇粒しかなかった。これを一日三回に分けると、一回の量は三〇〇粒余りである。わずか小匙一杯の米を、飯盒一杯の水に入れる。それを沸騰させると、オカユができる。わずかの米粒が数えるしかないオカユを、勝つまではこれで辛抱するんだ、そう自分に言い聞かせる。それが終戦の日まで約一年も続いたのである……。

ビタミンが不足して脚気になると、すぐ栄養失調のきざしが現われる。身体がふくれて重くなる。野鼠やトカゲをつかまえる動作も、全くできなくなる。今度は島のあらゆる木の芽や若木の芯をかじった。もう牛や馬と同じだった。それらを食べ尽くすと、あとに残るは、島では最も繁殖力旺盛な南洋カタツムリである。これはおいしいと一人が言うと、島中の兵隊がそれをたべた。ところが、このカタツムリ、産卵期は体内に毒をもつ。その毒をたべると、たいへんな下痢を起こす。お湯でよく煮なければ、その毒は取れない。しかし、煮ると煙が出る。煙は米機を誘う。うっかり煙でも出したら、爆弾が雨のように降ってくる。したがって、料理もせずにたべ、毒まで呑みこんでしまうので、腸が変調して、下痢が続く。あとは死が待つのみであった。

当時、パラオには優秀な軍医がたくさんいた。兵隊を救おうと必死の努力を続けたが、肝心の薬品が皆無だった。薬剤官が懸命に努力をし、薬品の現地製造まで実行したのだが、悪性伝染病は多発した。佐々木峻軍医少尉の話によれば、月間最高六五〇人もの患者が出、伝染病のほかに、脚気、栄養失調の患者が続発し、月間約一五〇名の死者を出したという。飢餓の島は、やがて餓死者の山を築いた。その多くは、三〇余年も放置されたまま、地下で慟哭している。

パラオ本島、コロール島周辺の陸海軍の戦没者総数は約五〇〇〇人という公式発表がある。その大部分は餓死者である。その餓死者は、いずれもパラオ本島の大和村、朝日村、清水村などの墓地に埋葬されたままである。その収骨はまだ済んでいない。関係者はなぜそれを果たさないのか。

照集団を飢餓に遭わせたその責任は誰にあるのだろうか。すでにアッツ島玉砕以来の戦訓があったのである。玉砕した離島の情況やメレヨン島の情況がわかっていたはずである。そこでの戦訓と貴重な体験を生かして、パラオ本島作戦を考えるべきではなかったか。この島の最高責任者井上中将は何をしていたのか。

こう思うのは私ばかりではあるまい。当時の高垣少尉も、内心そう思っていたに違いない。高垣少尉にしてみれば、パラオの悲劇など、言うなれば司令部の大きな失策であって、自分の件も誤解なら、これも一つの誤解であると判断したであろう。彼の死には、この島で誤解のために餓死した五〇〇〇余人の将兵の責任を問わんとした意図もあったはずである。インパールで佐藤中将が抗命の理由とした〝即刻、余の身をもって矯正せんとす〟に習っての、反省を促すための自決だったと思うのである。ただ、佐藤中将と異なるのは、パラオの英雄である少尉は、誰にも迷惑をかけまいとした。少数のお偉方だけにその死の目的が理解されればと願った点に、この人の偉さがあった。高垣少尉のように、年少の時から外地に渡り、商社マンとして外蒙、満州から中国全土を回ってつちかった鋭い目と心があれば、パラオの集団の実態から推して、敗北を迎えて伝統ある日本陸軍の崩壊する日の近いことを、容易に見きわめられたのではないだろうか。

戦史室の『公刊戦史』には次のように記されている。

「昭和二十年三月初頭、高垣勘二中尉ノ指揮スル水中遊撃小隊ハ米軍警戒網ヲ突破、水中決死体当リヲ決行、米駆潜艇一隻爆沈、四隻ヲ大中破サセ、其ノ他兵員多数ヲ殺傷スル戦果ヲ収メ、南西方面部隊司令長官大川内傳七中将カラ賞詞ヲ授与サレタ」

（傍点、船坂）

この戦史が、あえてこの特攻の時期を三月初頭としたのはなぜだろう。編纂官は、このことでたいへん苦心したのではないかと思う。その特攻斬り込みを記録した典拠がどこにあるのか。おそらく、編纂官は、海軍十一根の左記の普通電報、集団長あて三月十七日九時十三分発、九時受、十一根機密第一七〇九一三番電を参考にしたのではないか。

照集団高垣少尉ノ指揮スル遊泳攻撃隊
右ハ昭和二十年三月十一日〇三・〇〇周密ナル計画ノ下厳重ナル敵ノ警戒網ヲ潜リ決死果敢加ウルニ赤虫等ノ虫害多ク飲ムニ清水ナク全山花礁ニシテ自活ノ道モ無ク野菜糧食ノ補給ニモ著シク困難ナリ（中略）壮挙ハ必ズ熾烈ナル銃砲爆撃ノ報復ヲモッテ応エラレアリ
水中体当リヲ決行ヨク敵CH一隻ヲ爆沈一隻ヲ大破他ノ三隻ヲ中破人員多数殺傷ノ大戦果ヲ収メモッテ敵ノ心胆ヲ奪イ大イニ全軍ノ士気ヲ振作セルハ武功抜群ナリ
ヨッテココニ賞詞ヲ授与ス　　南西方面部隊指揮官　大川内傳七

この電報には、〝三月十一日〟とある。おそらく編纂官の手許にはみそぎ本部発行の『パラオ人名録』があるのではなかろうか。それには、高垣少尉は昭和二十年三月二日戦死と印刷されている。その人名録は復員の直前にパラオの司令部で作成したものであるが、二日と十一日では九日の差がある。これでは正確な日付がわからない。三月初頭とせざるをえなかったのであろう。

話を陸軍記念日に戻そう。私が思うには、照集団司令部に集った師団長以下各参謀は、高垣少尉の勇士としての死を悼み、その事故死の理由を自決と判断し、自決の理由こそ〝誤解〟にあることをひそかに認めざるをえなかったであろう。パラオ随一の勇士を失った司令部の打撃は大きかった。苦慮の結果の〝全員一致〟がいきついたところは、栄光の自決者に何をもってこたえようかという思案である。そこで練られたのが、翌十一日、高垣少尉のための夜間攻撃の計画である。その司令部では、三月九日に自決してすでに英霊となっている高垣少尉に対し、その戦果のすべてを与えるために、南西方面部隊司令部に高垣少尉を指揮官とした海上遊撃隊の人員表を提出し、決死の攻撃を実施したと言っているのであるが……。

このように戦果と引き換えに自決した話は、日本戦史上かつてない事であり、世界の戦史上にもあるまい。

戦陣訓の死生観には、〝死生を貫くもの崇高なる献身奉公の精神なり。生死を超越し一意任務の完遂に邁進すべし、身心一切の力を尽し、従容として悠久の大義に生くることを悦びとすべし〟とある。

前述したように、昭和五十二年七月一日、私は四人を同伴した五年前の日を思い出しつつ、三たび高垣少尉の墓前に立った。かつて、半井さんはひそかに洩らした。

「この勲記には間違いがあります……。小隊長殿は三月九日に事故死したのですから、あの斬り込みに小隊長殿が参加できるはずがありませんよ。……こういうことを平気でやったのです、軍のお偉方は！」

私は少尉の死の真相を確かめるために、案内してくれた茂成さんに墓石の勲記を読んでもらい、その一字一句を正確に書き取って帰った。

陸軍中尉高垣勘二ハ、昭和十九年三月出征　ペリリュー島ノ守備ニ任ゼラレ善戦敢斗　高垣中尉ハガラゴン島攻撃斬込隊長トシテ数度ニ亘リ赫々タル武勲ヲ立テ　其ノ勇戦ノ模様ハ畏クモ上聞ニ達シ感状ヲ賜ル
昭和二十年三月十日　海上遊撃隊小隊長トシテ、敵艦艇ニ人間爆雷トナリ　遊泳突撃隊敢行シ　遂ニ高垣中尉以下数名ハ盡忠ノ華ト散ル　　行年二十五歳昇天

（傍点、舩坂）

傍点を附した部分が問題であった。集団司令部、方面部隊、ひいては大本営までが一心同体となっての、でっちあげの厚意、虚構の恩典というべきであろう。少尉は、石の勲章を授かってしまったわけなのであった。当時の軍部は、虚構の戦果と戦功を天皇陛下に上奏し、国民に発表していたのである。

　横井伍長と小野田少尉が生還した時、ほとんどのマスコミは彼らを〝英雄〟として扱い、大々的に報道した。敗戦を知らずに一途に生き抜いたことを〝軍人の鑑〟とし、両名の行為を賞讃した。

　だが、高垣少尉は、敗戦を予想してなお、死を超越して敢闘し、さらに一命を賭けて軍部を諫めたのであった。その真に勇気ある軍人の生涯が、いまここに明らかにされる。この事実を、同じマスコミは、どう評価するであろうか……。

　世界の戦史研究家は、各種の戦果を評価するに当たり、目的、攻撃、単純性、指揮の統一、行動、大攻撃力、兵力の節用、奇襲、機密保持――の九項目の一つ一つを分析して、その結論を出すという。真珠湾攻撃について、目的と大攻撃力の二点が欠けているとした人がいる。

　高垣少尉の指揮したガラゴン島斬り込みは、どう評価されるか。大攻撃力を除けば、その他の八項目は万全であり、確実であると評価できよう。戦史上まれにみる勇壮な決死斬り込みであると思うのであるが、どうであろう。

現在、敵前逃亡兵に該当する者が五万人もいるという。その多くが、いまだに差別をうけていると聞く。政府はこの問題をどう処理するのか。赤軍派の日航機乗っ取り事件で法かい人命かを問われた時、政府は人命を選んだ。あの〝寛大〟な考え方で、この人々の復権を早急に果たすべきである。

つまるところ、戦争は、すべて政府の責任と指導によって遂行されるものであるから。

ヨシノさんから一個の小包が送られてきた。

「これは勘二の遺品です。私の手許に残っておるあの子のものは、これしかありませんが、何かお役に立てばと思いお送りいたします」

との添え書とともに、高垣少尉の青年時代の古びた一冊の写真帳が入っていた。

昭和十七年一月、高垣少尉が二十一歳に初年兵として入隊する時に、母ヨシノさんに遺品として託したものであった。

その最後のページには、筆太に、

俺のアルバムはここで終る
征くに当り　これを遺す
在りし日の勘二の姿とす
斯《か》くして俺は　従容《しょうよう》として
悠久の大義に生きて行く

と、したためてあった。

合掌

# あとがき

巷間、私のことを「生きている英霊」とする噂が流れているらしい。「彼には不思議な過去がある。その因縁が、彼をはるばる南溟の果てまで誘い出して玉砕戦場に放置された兵士の遺骨収集を始めさせているのだろう。戦死者の何かが憑いているにちがいない」というわけである。

なるほど、一理はあろう。最近、某所から〝熱心な慰霊による〟として〝弘映菩薩〟の名号を授記されもした。もちろん、私は、初心を貫いて、終生収骨を続けるつもりである。

しかし、私の本心は、世間の噂とは別なところにあるのだ。たしかに私は、はじめ現地で戦友の白骨を抱いたとき、滂沱の涙を流し、悲惨さに泣いた。だが、訪島を重ねるにつれて、兵士に対する憐憫や同情は、しだいに為政者の欺瞞に対する怒りに変わっていったのである。この変化は、主義や思想とは関わりない。私は、英霊の無告の中に、怨念の叫びを聞いたのである。私は、白骨を拾うたびに、「無辜の民を利用して戦争を計画し、扇動したのは誰なのだ！　いったん利用してしまえば戦死者を忘却し、放置したまま収骨もしない為政者は何を考えているのか！」と心の中で叫ぶようになった。いや、英霊に叫ばせられるようになったのである。生き残った私は、彼らの〝声なき声〟を代弁しなければならぬ。こんなことでは、再び同じ轍を踏ませられるにちがいないからである。

こういった不安と怒りを心ある人々とわかち合い、為政者や関係者に反省を促すために、私はこの記録を書いた。遺族への単なる報告書にとどめず、戦争を知らぬ若人にも今日に生きる示唆をくみとってもらえるよう、力をこめて書いたつもりである。

私は、すでに一五回島を訪ねている。その都度、「日本兵の遺骨のある場所を知らないか」と島民にたずね回るので、彼らに奇妙な顔をされる。私を、葬儀屋か僧侶と思い込んでいるのだろう。

だが、島の有力者フミオ・リンゲル氏のように、私の訪島理由をよく承知してくれている人もある。その彼は、私に兵隊の何かが憑いていると、かたく信じているようだ。

数年前、彼の写真を撮ろうとして彼を中央にして三人が並び立ったことがある。私がポラロイドのシャッターを押した。現像の具合を確かめてみると、不思議な現象が生じていた。シャッターを押した私が、写真の中に写っていたのである。兵士の霊が私に乗り移ったという噂は、たちまち島中にビッグニュースとしてひろがった。

そのとき、フミオ氏は、その写真をしげしげと見つめながら、「米国兵の方が弱かったのに勝ったのは、戦死者の一人ひとりを全部本国に送り届けたからです。日本政府はいつになったら玉砕した兵士の遺体を引き取るのでしょう。あまりに遅れているから、あなたにとり憑くのですよ」と言った。この言葉が、今も私の心に住みついて離れない。

昭和五十三年二月初旬のこと、私が一度は死んだ島アンガウルの村長と、捕虜として収容されていた因縁の島ペリリューの村長から、嬉しい便りが届いた。同じ時期にこの二つの手紙が届いたことは、私にはただの偶然とは思えなかった。

前者には、私が一三年前に建立した慰霊碑の傍に安置した金造の観音像が黒潮の運ぶ強い塩分のために腐蝕して原型がくずれてきている、これでは英霊が淋しがるだろう、新たに像を届けてほしいとあり、後者には、昨年の依頼により探してみたら、遺骨が相当数あると予想される洞窟を発見した、早く来て収骨してほしいとあって、共に私を喜ばせる貴重な情報であった。両島とも、収骨に関する情報を絶えず寄せてくれる。どうやら島民は、私のところを厚生省の窓口とでも思っているらしい。

ともあれ、一週間後、私は島民の要望に応え、かつ戦友の新たな呼声に応ずるべく旅立つことにした。同伴したのは、私の会社の室長である蜂巣一郎であった。彼は同じくパラオ戦場で生死を共に奮闘した戦友でもある。亡き戦友たちの三三回忌に慰霊と収骨を実現することは、二人の日頃の念願であった。二人は、島民への土産品と観音像一〇〇キロ余を抱えて、はやりたつ心を押さえて羽田を発った。

七時間ほどでアイライ飛行場に到着した。ここからは、六人乗りのセスナで、アンガウル、ペリリュー両島まで十数分で運ばれる。最初の渡島の頃にくらべると、夢のように便利になった。

小型機の搭乗賃をたずねると、一三ドルだという。十数分で到着する魅力に負けそうになったが、それは許されぬ。アイライからタクシーでアルミズ水道の新鉄橋を渡り、コロール島の波止場まで四〇分で着き、ここでスピードボートを五五〇ドルでチャーターした。世界一高価な船賃である。島の人は、まだ物価の感覚と観念にうといのである。

ボートはロック・アイランドを目指してつっ走った。その辺りには悲劇の人々の霊が彷徨しているはずである。大小の奇岩の間をぬってウルクターブル島の南の岸辺に出た。例の抹殺された兵隊や遺品をひそかに求めて海底を覗きまわったが、それらしきものは見当たらなかった。東京から持参した水と酒とを海上にまき、二人は岸辺で焼香して冥福を祈った。

次に同島の西側の椰子林に上陸し、集団自決の跡を探した。だが、ここでも藤野さんの話してくれたそれらしい場所は見出せなかった。

ところが、幸福なことに、ボートの運転士のシナイチ氏が蜂巣氏の旧部下だったのである。多田参謀長の特命を受けた蜂巣少尉は、現地人青年を選んで斬込隊を養成し、米軍に一矢を報いようとした。その時の義勇兵の一人が彼であった。彼は、現在、ウルクターブル島の一部を自分の土地として占有しているという。案内された島の西部は、嵐と大波に分断され、様相が激変していた。それらしく思われる場所を探して、とりあえずそこで供養し冥福を祈った。次いで高垣中尉を埋葬したというマカラカル島の三十六湾を一周したけれども、半井伍長の語ったリーフの小石を積んだ場所は見当たらなかった。ここも、三三年の歳月が、すべての形を変えていた。私たちは湾で供養をするしかなかった。

「高垣さん！　あなたの殊勲のすべてをここに書きました。ご両親は喜んで読んでくれました。あなたも、どうぞ読んでください」

私はそう語りかけながら、『玉砕の孤島に大義はなかった』を砂浜に埋めた。

私たちは、マカラカル島を後にしてデンギス水道を越えた。ボートは高垣決死隊の斬り込んだガラゴン島を左に見、飯田大隊逆上陸の航路を辿りながらアンガウルのボート湾に着岸した。持参した観音像を島の北端の慰霊碑に安置してから島を一巡し、若干の収骨を済ませて島に一泊した。翌日は、かつての激戦地オレンジビーチに上陸し、新しく発見された洞窟をたずねるために、一郎さん（日本人ではない）というこの島の大工さんを探した。富山《とみやま》の洞窟は彼所有のパパイヤ畑の上にあるということだが、この人の案内がないと皆目わからない。やむなく車を雇って全島を一巡し、若干の収骨をしたあと同島に一泊、翌日また一郎さんをたずね回ったけれども、目的を達しえなかった。

私たちは島の要人に会い、近日訪れる予定の慰霊団に富山の洞窟をぜひ案内してくれるよう一郎さんに告げてほしいと依頼して、ペリリュー島を後にした。

連日の洞窟巡りは重労働であった。だが、いたるところ怨念の充満する中では、休憩することが申しわけなく感じられた。コロールで一泊し、翌日は飢餓の島パラオ本島に向かった。

五〇〇〇体の遺骨は、大和、清水、朝日の三村に確実に在るのだ。だが、この島の変貌も激しかった。とはいえ、玉砕洞窟に埋没した遺骨の発掘よりは容易であるはずだ。厚生省は遺族の突き上げで収骨に数度やってきたというが、全体の一割も収骨できなかった。義理で公金を使いに来たわけだ。照集団の生存者に依頼すれば五〇〇〇の英霊は早く成仏できるのに……。

私たちは、慰霊をおえたあと、静かに胸に手を当てて、当時を想い今日を思った。あまりにも無謀だった戦争、無知無能だった指導者に対する怒りが、あらためてこみあげてきた。

昭和五十三年四月二十日、島田紀之君らの第三次ペリリュー訪島団一五名が、同島で収骨した英霊を捧じて帰国した。私の依頼が実り、一郎さんの案内で富山と大山の洞窟を訪ねてくれたのである。

ペリリュー島には五〇〇の洞窟があった。米軍はそのすべてに爆薬をたたきこみ、その上、火焔放射器で焼き尽くして全滅を確認してから入口を完全にとざした。その一つの大山洞窟入口が風雨にさらされてわずかに露出しているのを平和部隊のアメリカ人ジェームス隊員が発見し、そこで慰霊団一行が収骨できたのであった。

私は、その実況を遺族から聞いた。

新宿の斎藤清松さんと奥さんのヨシノさんは、弟さんの戦った島に行き、自らの手で収骨せねば弟の戦死が納得できなかったという。全国二〇〇万余の遺族の抱く執念と一つ心であったであろう。

「ついこの間他界した両親が、死ぬ間際まで〝ペリリュー、ペリリュー〟と、うわごとのように言っていたことも加わっての渡島でした。さほど大きくもない洞窟に、土ぼこりを五センチもかぶった骨が累々と折り重なっていて、土をはらえばいくらでも出てきました。一五人は、泣きながら夢中で約三〇〇体の遺骨を拾いました。一週間、毎日通いました。でも、どれが弟なのか、まったくわかりません。悲しさと空しさと怒りが重なって、言葉もでませんでした。骨は白いものとばかり信じていましたが、もう真っ黒に変色して、人間の骨とは思えませんでした。これではかわいそうです。戦後の祖国日本は繁栄と平和と自由が有り余っています。食もなく水もない絶望の戦をして国のために尊い生命を捧げたというのに、これでは、全くの犬死ではありませんか。厚生省は、パラオ地区の収骨は終わったとか、もう打ち切るとか言っていますが、とんでもないことです。また、あなたの既に出版された戦記には、勇戦したとか、米軍に大打撃を与えたとか書かれてありますが、そんなことより、見捨てられた英霊が何を考え何を願っているかを書いてください。自分の手で骨を拾う遺族はごく僅かでしょう。その人々のために、放置され嘆き悲しんでいるあの骨の山の気持を書いてください……」

私は、本書で、この願いにどれだけ応えることができたであろうか。

戦争は、まだ終わっていない。それは、私たちの心と行動の中に責任として生き続けている。

昭和五十三年六月

船坂　弘

単行本　昭和五十三年八月　「石の勲章」改題　北洋社刊

NF文庫

陸軍〝離脱部隊〟の死闘

二〇二四年一月二十二日　第一刷発行
著　者　船坂　弘
発行者　赤堀正卓
発行所　株式会社　潮書房光人新社
〒100-8077　東京都千代田区大手町一-七-二
電話／〇三-六二八一-九八九一(代)
印刷・製本　中央精版印刷株式会社
定価はカバーに表示してあります
乱丁・落丁のものはお取りかえ
致します。本文は中性紙を使用

ISBN978-4-7698-3342-0　C0195
http://www.kojinsha.co.jp

NF文庫

## 刊行のことば

第二次世界大戦の戦火が熄《や》んで五〇年――その間、小社は夥しい数の戦争の記録を渉猟し、発掘し、常に公正なる立場を貫いて書誌とし、大方の絶讃を博して今日に及ぶが、その源は、散華された世代への熱き思い入れであり、同時に、その記録を誌して平和の礎とし、後世に伝えんとするにある。

小社の出版物は、戦記、伝記、文学、エッセイ、写真集、その他、すでに一、〇〇〇点を越え、加えて戦後五〇年になんなんとするを契機として、「光人社NF（ノンフィクション）文庫」を創刊して、読者諸賢の熱烈要望におこたえする次第である。人生のバイブルとして、心弱きときの活性の糧《かて》として、散華の世代からの感動の肉声に、あなたもぜひ、耳を傾けて下さい。

＊潮書房光人新社が贈る勇気と感動を伝える人生のバイブル＊

# ＮＦ文庫

## 写真 太平洋戦争 全10巻 〈全巻完結〉
「丸」編集部編

日米の戦闘を綴る激動の写真昭和史——雑誌「丸」が四十数年にわたって収集した極秘フィルムで構築した太平洋戦争の全記録。

## 日本陸軍の基礎知識 昭和の生活編
藤田昌雄

昭和陸軍の全容を写真、イラスト、データで詳解。教練、学科、武器手入れ、食事、入浴など、起床から就寝まで生活のすべて。

## 陸軍〝離脱部隊〟の死闘 汚名軍人たちの隠匿された真実
舩坂 弘

名誉の戦死をとげ、賜わったはずの二階級特進の栄誉が実際には与えられなかった。パラオの戦場をめぐる高垣少尉の死の真相。

## 新装解説版 先任将校 軍艦名取短艇隊帰投せり
松永市郎

不可能を可能にする戦場でのリーダーのあるべき姿とは。海自幹部候補生学校の指定図書にもなった感動作！ 解説／時武里帆。

## 新装版 有坂銃
兵頭二十八

日露戦争の勝因は〝アリサカ ライフル〟にあった。最新式の歩兵銃と野戦砲の開発にかけた明治テクノクラートの足跡を描く。

## 要塞史 日本軍が築いた国土防衛の砦
佐山二郎

築城、兵器、練達の兵員によって成り立つ要塞。幕末から大東亜戦争終戦まで、改廃、兵器弾薬の発達、教育など、実態を綴る。

＊潮書房光人新社が贈る勇気と感動を伝える人生のバイブル＊

NF文庫

新装版 水雷兵器入門 機雷・魚雷・爆雷の発達史
大内建二
水雷兵器とは火薬の水中爆発で艦船攻撃を行なう兵器——水面下に潜む恐るべき威力を秘めた装備の誕生から発達の歴史を描く。

日本陸軍の基礎知識 昭和の戦場編
藤田昌雄
戦場での兵士たちの真実の姿。将兵たちは戦場で何を食べ、給水し、どこで寝て、排泄し、どのような兵器を装備していたのか。

読解・富国強兵 日清日露から終戦まで
兵頭二十八
軍事を知らずして国を語るなかれ——ドイツから学んだ児玉源太郎に始まる日本の戦争のやり方とは。Q＆Aで学ぶ戦争学入門。

新装解説版 名将宮崎繁三郎 ビルマ戦線 伝説の不敗指揮官
豊田 穣
名指揮官の士気と統率——玉砕作戦はとらず、最後の勝利を目算して戦場を見極めた、百戦不敗の将軍の戦い。解説／宮永忠将。

改訂版 陸自教範『野外令』が教える戦場の方程式
木元寛明
陸上自衛隊部隊運用マニュアル。日本の戦国時代からフォークランド紛争まで、勝利を導きだす英知を、陸自教範が解き明かす。

都道府県別 陸軍軍人列伝
藤井非三四
気候、風土、習慣によって土地柄が違うように、軍人気質も千差万別——地縁によって軍人たちの本質をさぐる異色の人間物語。